作／小鹿
繪／佩喵
U0028989
Girl?+
Senior High
Student+
Skirt
=Gun!?
4
天啊！
這女?高中生×
裙子底下有槍♂啊！
10W
100 W
Comp

目錄

序章

「妳相信『輪迴轉世』嗎？」
眼前的小女孩對我說出了這樣的話。
我不清楚她這句話的意思是什麼，但動彈不得的我只能持續聽下去。
「我不知道這會否成功，但我有想見的人。」
俯身在我的耳朵旁，半透明的她輕聲說道：
「所以，請讓我的靈魂寄宿在妳的身體中。」
這是不可能的。
這世界沒有魔法。
沒有能拯救一切的英雄。
沒有神明也沒有神奇的力量。
因為——
不管這個國家的人民怎麼盼望，這些事物都沒有現身。
就是因為見識過地獄，才知道祈禱是一件無意義的事。

「妳的想法是對的，這個世界沒有神明，也沒有超自然的力量。」

她溫柔的聲音逐漸浸透我的身體。

「能拯救人類的，一直都是人類。」

就像要將她的存在融入我的身體中，她緊緊抱住了我。

「所以，讓我救妳吧——讓妳成為我的救贖吧。」

眩目的白光填滿了我的視野。

等到我醒來後，我的面前只剩下那女孩穿過的衣服。

就像蒸發般，女孩的本體從這個世界消逝了。

「我本來以為……這個世界是沒有『轉生』這回事的。」

但是，這竟然是真的。

輪迴轉世後，她成了我。

從今以後，我必須帶著寄宿在我身體中的她活下去。

第一章

要是連接吻都不會，那當個隨扈可是活不下去的

剩餘報酬：90億

前情提要：我跟左歌接吻了。

接吻。

嘴對嘴。

奈唯亞跟左歌接吻了。

左櫻突然闖進左歌家，然後看到這一切了。

左歌的嘴脣比我想的還柔軟一點，身上也跟一般女孩子一樣有著迷人的香味——

等一下，這些都不是重點，我必須先冷靜下來。

這並非是什麼大事。

不過是跟左歌做了親密的情侶間才會進行的親密行為。

雖然她不是我的對象，但這也並非什麼嚴重的事。

不過……

身為白色死神，被譽為傳說中存在的我，為何會被左歌給輕易奪走雙脣？

是和平生活過慣，自己的身手不知不覺退步了？
還是把左歌視為可以放心的對象，所以產生了空檔和可乘之機？
抑或是——

——我覺得跟左歌接吻也不錯呢？

「……………………」
時間彷彿靜止了。
我和左歌維持接吻狀態，左櫻則以毫無光芒的眼神看著這樣的我們。
我們三人以一種危險且恐怖的平衡一動不動。
總之，必須想辦法解決這個困境。
不管怎麼看，左櫻對我都有著深深的情愫。
要是讓她誤會我和左歌有奇怪的關係，她一定會暗中哭泣的。
我可不想因為這種誤解導致「ＬＳ任務」的報酬減少。
話說我到底為何要跟劈腿的渣男有一樣的困擾，我根本就什麼事都沒做吧？
「大小姐。」
不知過了多久後，總算離開我嘴唇的左歌輕咳兩聲說道：
「希望妳別誤會了。」

「誤會……什麼？」

左櫻以彷彿夢囈的聲音喃喃說道：

「是誤會我最尊敬的女僕搶走我最愛的人，還是誤會我最愛的人搶走我最尊敬的女僕呢？」

這聽起來是同一件事。

「大小姐，這看起來是接吻，但其實不是接吻。」

面無表情的左歌，一臉正經地說道：

「妳仔細想想，若是嘴對嘴就算是接吻，那每天都在進行人工呼吸的救護人員，豈不就是到處和人接吻的淫蕩職業嗎？」

我還是第一次聽到這麼過分的說法，這傢伙某方面果然跟我一樣無可救藥。

「也就是說……你們其實不是在接吻？」

「沒錯。」

「原來如此啊，嚇了我一跳。」

左櫻輕拍了拍胸膛後說道：

「就像左歌說的，就算看起來嘴巴連結在一起，舌頭在口腔內交纏，那也不一定是在接吻——」

「——誰跟誰的舌頭攪來攪去啦！」

激動的左歌「砰」的一聲，雙手敲了一下地板！剛剛逞強擺出來的假面具也徹底崩壞。

「我再怎麼說也是有矜持的，就算在半夜中想像過幾千幾萬次，我還是希望第一次是由對方主動啊！」

這聽起來不是矜持而是悶騷。

「總之，我能明白左歌剛剛跟奈唯亞不是在接吻了。」

「妳能明白就好——」

「那你們在做什麼？」

「………」

「剛剛嘴對嘴是在做什麼呢？」

「………………」

不要淚眼汪汪地看著我求助，原來妳剛剛根本就沒把說詞想好嗎！

被妳這樣一弄，解釋的難度不是變得更高了？

「左櫻大人。」

快想啊！

雖然不知道為啥我非得在這種地方被逼得跟陷入生命危機一樣，但我的腦袋仍不斷高速運轉！

「事情不能只看表面。」

「嗯？」

「真正重要的不是行為，而是心。」

既然接吻被看到已是既成事實，那就只能從其他地方下手了。

「若是父母親吻孩子，妳會認為那是接吻嗎？」

「不、不會……」

「就是這樣！」

我特意用誇張的語氣和肢體動作強調道：

「同樣的動作，只要蘊藏的心意不同，其代表的意義也會跟著改變。」

「嗯？嗯？」

「就算真的接吻又如何，真正重要的是——

「左歌表姊對我是怎麼想的吧？」

「啊？」

突然變成話題的中心，左歌愣在當場。

「回答我！表姊！」

「回、回答你什麼……？」

「妳究竟有沒有愛上我？」

「————！」

被我這麼一問，左歌的臉龐就像是燒開的熱水壺一般，瞬間變得通紅。

「只要沒愛上我，那剛剛的行為就不算是接吻。」

左歌不斷後退，為了不讓她逃跑，我步步進逼。

「所以——快說！妳對我到底是怎麼想的？」

「真不敢相信……竟有人用這種方式逼問女孩子的心意……」

「如果已經無可救藥地愛上我就說啊！又不會怎麼樣！但我可不敢保證妳的大小姐會對妳怎麼想喔！」

「——我最討厭你了啦！」

眼角帶著淚，臉上仍帶著紅潮的左歌咬著牙說道：

「竟妄想我會愛上你這種混蛋，自作多情也該有個限度！」

果然如我所想，最清楚我有多麼爛的左歌不可能愛上我。

坦白說我也跟左櫻一樣，對左歌為何要吻我這事感到疑惑萬分。

但那一點都不重要。

逆轉一切的材料都已到手，就讓我將這場鬧劇收尾吧。

「不帶心意的接吻，根本不能算是接吻！與其說是接吻，不如正名為『嘴脣之間純潔且自然的接觸』。」

「唔哇……」

左歌以一副「真不愧是人渣，竟想得出這麼胡扯的說法」的鄙夷眼神看著我。

「就跟太陽從東邊升起、然後從西邊落下一般。」

以偵探指出犯人的姿態，我指著窗外說道：

「這種虛有其表的親吻，單純只是一種『現象』！不用追求其中深意——就算追求了也沒有任何實際意義。」

「可是……」

可能是一口氣接受太多資訊量，眼睛呈現螺旋狀的左櫻說道：

「就算真的是現象好了，那不管是怎樣的現象，都有構成的原因。」

「……」

「是什麼因素，導致左歌和奈唯亞嘴脣重疊在一起呢？」

果然沒那麼好蒙混過去。

畢竟左櫻其實很聰明，跟左歌和白鳴鏡不一樣。

「之所以變成如此，只有一種可能吧——」

「——那就是左歌性慾高漲，飢渴難耐。」

「喂！你給我等一下！」

無視大聲抗議的左歌，我繼續說道：

「『不管是誰都好』——這麼想的表姊難以抑制想要襲擊他人的衝動，被野獸本能支配的她，最終對我伸出了魔爪，儘管我拚命掙扎反抗，但仍不敵表姊那巨大的邪惡——」

「也就是說……」

「我就是個單純且可憐的被害者。」

我深深嘆了口氣後說道：

「真要我說的話，我就像是走在路上，然後被突然出現的野狗咬了一口——」

「這是什麼過分的形容方式！」

已經快哭出來的左歌揮舞著拳頭大喊道：

「你、你到底把少女鼓起勇氣的初吻當作什麼了！」

「咦…………？」

左櫻的眼神再度變得黯淡，她歪著頭有些疑惑地說道：

「左歌剛是說……初吻？」

「…………」

我跟左歌互看了一眼。

要是再這樣下去，剛剛的努力就全都白費了。

左櫻會誤會我和左歌的關係，這不但會對「ＬＳ任務」造成嚴重的妨礙，也會對我們三人的關係造成影響。

無論如何都要避免這樣的狀況。

「……大、大小姐……奈唯亞說得對。」

現在說出口的每一個字好似都足以吸乾左歌的力氣。

「我、我就是個……無法控制自己的痴痴痴女……」

下定決心的左歌抓著自己的衣服，渾身顫抖地喊道：

「我就是個會到處襲擊人的大變態啊啊啊啊啊啊啊啊啊啊！」

伴隨著哭聲和叫喊聲，左歌迎著夕陽跑了出去。

對著她那壯烈的背影，我不禁雙手合十，拜了一拜。

雖然過程十分混亂，但總算強制熬過接吻事件了。

左歌在左櫻心中的完美形象徹底崩壞，似乎讓左櫻受到不小的衝擊。

不過這樣也好。

這樣左歌就不用在左櫻面前逞強了。

「唉呀~我還真是個體貼和溫柔的人啊。」

「真是方便自己的解釋……」

我面前的無圓缺一邊小口小口地吃著自己的晚餐，一邊露出微笑說著：

「不過這樣很好……就是這樣才像你……」

在接吻騷動過後，左歌不知為何沒有回家，我透過學園內的竊聽器知道她躲在公園的角落哭泣，於是放心地在左歌房間享受變大的私人空間。

但到了晚上，無圓缺不知為何從地板突然竄了出來，帶著做好的晚餐邀請我一同用餐。

無圓缺僅會在我一個人時出現，就像是刻意要和我獨處似的。

「唉呀～笑死人了～～」

「…………」

「只不過是接個吻竟引起這麼大的反應，不覺得超級爆笑嗎？」

「…………」

「只要想做就做啊！開心才是最重要的──痛！」

我敲了一下她的頭，變成辣妹的她就像當機一般陷入了沉默。

「真粗暴……」

無圓缺一邊摸著被敲打的地方一邊鼓著臉頰說道：

「……我又不是壞掉的電器。」

「妳某方面跟壞掉沒兩樣吧？」

個性就跟沒有根的浮萍一樣會到處漂動。

「所以我才必須定時來見你啊……」

無圓缺拉著圍巾，將臉的下半部埋了進去。

「要不然我連自己原本是誰都會忘記……」

「……」

雖然開始在左獨底下工作，但看來離無圓缺能獨立還早得很。

「之前當我替身時，有發生什麼特別的事嗎？」

過去一週，因為替命在旦夕的左弦動了一個大手術，消耗過多的我只能藏在左歌家中動彈不得。

為了怕引起不必要的麻煩，所以我拜託無圓缺在這段期間假扮成我到學校上課。

「嗯……？」

無圓缺歪頭想了一下後，點了點頭說道：

「好像有發生什麼……又好像沒發生什麼……」

「到底是怎麼樣？」

「就跟往常一樣……對，沒有特別的事……應該……」

這傢伙的反應是不是有點微妙？

「放心吧……我有確實扮演好奈唯亞的角色……做出奈唯亞應該有的反應……」

「……」

不知為何十分不安。

不過無圓缺的實力我比誰都清楚，所以應該沒什麼大問題吧。

就在我猶豫要不要繼續深究時，無圓缺吐出了更讓我在意的話。

「你變了呢……白色死神。」

我。

「嗯？」

「和我當初認識的白色死神已經完全不同……」

相對於其他人會因為場合改變對我的稱呼，無圓缺僅會用「白色死神」這個名字叫

「你已經快變得連我都不認識了……」

「畢竟魅力這東西是會隨著日子而增長的東西。」

「我不是在說這個……會說這種話的你好像又什麼都沒變。」

無圓缺雙手托在自己的下巴處看著我說道：

「不過……你慢慢地有了除了自己之外的珍愛對象，對吧？」

「…………」

我第一時間本想否定，但隨即想到在無圓缺面前說謊，是一點意義都沒有的事。

「我不知道妳說的是否是事實。」

但自從左歌事件後，確實有某些事物開始變了。

「我身邊的人，似乎再也不是可以隨意拋棄的存在。」

「嗯……」

「你認為這是好事嗎？」

「以白色死神來說，毫無疑問是壞事吧……」

有了珍愛的人，自然會被他人所利用，等同擁有可供他人挾持的弱點。

這個瞬間，我想到了左獨。

就是為了保護自己的女兒，她才總是將自己隱藏起來，甚至擺出和女兒交惡的模樣。

「原來如此啊……」

我看著自己的雙手喃喃說道：

「身為白色死神的我正在變弱，對吧？」

「是的。」

就像面對鏡子一般，無圓缺代替心中的我點了點頭。

「現在的你，說不定連我都無法打倒了。」

白色死神之所以無人能對付，是因為他總是不擇手段。

即使再巨大的危機擺在他面前，他也能靈光一閃地找出生路。

但這樣的白色死神有了珍惜的事物。

只要以他身邊的人設計詭計，他就會像是綁上鉛球一般，做事縛手縛腳。

「不過呢……」

無圓缺再度以空靈的雙眼看著我緩緩說道：

「這樣的變弱雖對『白色死神』是壞事，但不代表對『你』而言是壞事……」

「……什麼意思？」

「你不可能永遠是『白色死神』的。」

「…………」

「不正是為了如此，你才選擇接受『ＬＳ任務』嗎？」

想要賺取大量的金錢買下一個島，過著平靜安穩的生活。

「可是……就是因為捨棄所有，所以我才能保護一人……」

若是連這樣的信念都沒有，那我又該以什麼自傲處事？

「你一直以來竭盡全力，是因為你所保護的人，是『這世上的任何一人』。」

無圓缺將圍巾解開，放到了我的脖子上。

「但已經變弱的你，就算做不到此事也無妨。」

「為什麼？」

「因為你能保護更多的人。」

「…………」

「不是不特定的一人，而是認識的所有人，你保護的範圍變得狹隘，但保護的對象也因此變多了。」

「可是……這樣的白色死神不就沒有價值了嗎？」

「是的，你正逐漸變得不特別，變得普通——」

「——就和你一直以來所希望的一樣。」

「————————！」

無圓缺的話就像個重槌一般打入我的心中，震撼到讓我一瞬間啞口無言。

「所以，即使珍愛他人，也不用害怕任何事。」

帶有餘溫的圍巾圍住我們兩人，無圓缺在我耳邊輕聲說道：

「既然我就是你——

「那不管你變成什麼模樣，我都會在你身邊的。」

感受圍巾上的溫度，我突然意識到一件事。

自從無圓缺離開了「無名」後，我就一直受到她的幫助。

在我迷惘時，她總是會出現在我身邊。

也是因為她的陪伴，左歌的母親才得以度過之前的死劫。

我不只是有了珍愛的對象，不知從何時開始，我已不再是孤單一人。

無圓缺點出了我的改變。

但我卻沒有意會到這樣的改變將會帶給無圓缺什麼。

這是我這輩子最大的失算。

等到很久很久以後我才發覺，我犯了多麼愚蠢的錯誤。

無圓缺的話在我心中縈繞。

之所以會如此在意，想必是因為她說到了我心中一直在意的那個部分。

不過，歷經驚心動魄的十多年後，我成了如今的模樣。

就算真如無圓缺所說，我有了什麼改變，我也不可能在一夕之間改頭換面。

我依舊是那個將自己擺在第一位的白色死神。

之後為了達成任務，我想必會和以往一樣不擇手段。

「雖然非我所願，但狀況越來越混亂了。」

可能是醫治好左弦的獎賞吧，左獨讓我再休養了一段日子。

但她的好意不是無限的。

既然累積的疲憊已經差不多清空，那也是時候該回去執行「ＬＳ任務」了。

「告別過去的自己吧。」

看著鏡子中擁有姣好面孔的自己，我拍了拍自己的雙頰給自己打氣。

「從今天開始，要努力回歸正常的校園生活。」

不要再有什麼感情糾葛，也不要再有更多的戀愛發展。

一切回歸原點。

我只是守護左櫻的存在。

完成ＬＳ任務，拿到最終的報酬一百億。

「很好，就是這樣──」

「早安。」

穿著白西裝，手中捧著鮮花的白鳴鏡站在我家門前。

──碰！

我不自覺地將門給大力關上！

剛剛、剛剛剛那是什麼？

我是休息太久導致出現幻覺了嗎？

「呼、呼……哈、哈、哈……」

我不自覺地喘著粗氣，身體也不由自主地微微顫抖。

「一、一定是我看錯了……」

──但如果不是看錯呢？

意識到這點的我，就像被蠱惑一般將手伸向門把。

──碰咚、碰咚、碰咚！

心跳聲大得就像雷鳴一般，將門打開一條縫的我，從門縫中悄悄地往外看──

「奈唯亞，早安。」

白鳴鏡那飽含熱意的右眼，透過門縫向我襲來。

「我來接妳了喔～～」

「嗚————————！」

要是不使盡全力摀住嘴巴，我想我就會發出尖叫吧。

是過度的恐懼導致我的感覺和認知失調嗎？

明明現在是一大早，我卻感覺周遭開始變得又暗又冷。

「為、為為為什麼你會在這個地方？」

「還問為什麼……」

白鳴鏡緩緩地將門打開，露出了燦爛過頭的微笑說道：

「因為我一直在想著妳啊。」

「…………」

「總想著要快點到妳身邊，等到我發覺時，我已經像剛剛那樣來到妳的門前。」

「咿——」

我不由得發出有如女孩子一般的嗚咽聲，雙腳發軟跪坐在地。

好可怕！

不管是燙得筆直，毫無一絲皺紋的白西裝，還是那擦得雪亮，足以當作鏡子使用的黑皮鞋——

那股赤裸裸的企圖心真的好可怕！

「奈唯亞妳怎麼了？好像看起來不太對勁？」

白鳴鏡踏進門內，一臉關心地問道：

「是不是哪裡不舒服呢？」

主要是你讓我很不舒服。

「等、等一下……你先不要靠我太近，應該說拜託你先讓我一個人獨處一下。」

「不行！」

白鳴鏡靠到我的身邊來，讓我更加無所適從。

「我就算再不可靠，也不可能丟下我重要的女朋友不管！」

「不是……你待在我身邊反而會讓我更加難受——嗯？」

突然意識到不對的我反問道：

「你剛剛……說了什麼？」

「要是妳死了！我也不會在這世上獨活！」

「不對！你沒有說過這麼深情的臺詞吧！」

應該說拜託你以後也不要對我這麼說。

「你、你你你你剛剛——」

即使我拚盡全力抑制，但聲音還是忍不住顫抖。

「是不是說了什麼『女朋友』？」

「是啊。」

「誰是你的女友？」

「妳啊。」

「誰？」
「就說是妳啊。」
我順著白鳴鏡筆直的手指轉頭一看，卻沒在我身後看到任何人。
此時，與無圓缺的一段對話突然浮現在我腦中。

「好像有發生什麼……又好像沒發生什麼……」
「到底是怎麼樣？」
「就跟往常一樣……對，沒有特別的事……應該……」

「鳴鏡學長……」
感到有些天旋地轉的我，以艱難的語氣問道：
「我是什麼時候成為你的女友的？」
「嗯？一個星期前啊。」
白鳴鏡露出讓人看了膽寒的害羞笑容說道：
「按捺不住心意的我再度跟妳告白，而妳就這樣欣然接受。」
那正是我在左歌家休養，然後叫無圓缺假扮我去上學的期間！
也就是說，無圓缺扮成的奈唯亞答應了白鳴鏡的告白，讓我不知不覺間成了他的女友。

「也因為開始交往了，所以我每天早上來接妳一起去上學。」

「我明白了……」

明白無圓缺做了什麼好事了。

這樣人際關係不是要變得更複雜了嗎？

「一定是因為生病太辛苦，竟連這麼重要的事都忘記了。」

就像是要給搖搖晃晃的我最後一擊，白鳴鏡向我單膝跪下，用公主抱的姿勢輕輕抱起了倒在地上的我。

「不過別擔心。」

露出一直以來向我展現的爽朗笑容，他微笑道：

「從今以後，無論是貧窮還是富有、無論是悲傷還是歡樂、無論是生病還是健康，我都會陪伴在妳身邊，對妳不離不棄的。」

「等一下！這臺詞聽起來很熟，我記得我之前在左歌的婚禮會場時有聽過——」

我無法將話說完。

應該說，白鳴鏡強制地讓我無法將話說完。

熾熱的雙脣封住了我的嘴，讓我一個字都吐不出來。

「我會帶給妳一輩子的幸福的，所以奈唯亞・逢・愛莉莎維爾——」

「妳願意嫁給我嗎？」

幕間

白鳴鏡的過去・一

「這個孩子與眾不同。」

在我——白鳴鏡出生以後，我身邊的人一直將這樣的評語冠到我的頭上。

少數者、特別之人、得天獨厚的存在。

諸如此類的溢美之詞始終環繞在我身邊。

我不知道這是否正確。

不過若以一般論來審視，我毫無疑問的並不普通。

身為醫生的父親，靠著大腦醫學研究得到了眾人的肯定，母親則是他的賢內助，不但既美麗又溫柔，還協助父親投資藥品和醫療器具等生意，並藉此獲得了巨大的成功。

身為長子的我，自出生起就擁有了比其他孩子更多的資源。

父母毫不吝嗇地對我付出愛和關心，悉心培養我。

我也沒有辜負他們對我的期望，努力地進行學習。

很快的，同齡的孩子中，就沒有任何能與我並肩的人了。

——我是特別之人。

周遭的評價和這樣的環境，導致我產生了這樣的誤解。

抱著這樣的自大，我成長到了八歲。

接著就在那一年——

——轟隆！

伴隨著飛機失事的爆炸聲響，我一直以來的妄想被狠狠地打破。

橘色的大火、紅色的鮮血、黑色的濃煙填滿了我周邊的空間。

故障的飛機因為迫降來到了某個正在內亂的不知名小國。

穿著黑衣的叛軍迅速挾持了我們，想要要求國內的親屬支付贖金。

面對這些困境，我什麼都做不到。

就連尊敬的父母親在這樣的環境下都是無力的。

此時，我才終於明白我一直以來誤會了什麼。

真正與眾不同的並不是我。

我之所以特別，是因為我打從出生就擁有了比別人多的事物。

得到比他人多的養分，那自然要成長得比他人良好。

這不過是種必然且無聊的結果。

那麼，什麼是真正的特別？

所謂的特別，意味著和他人不同。

那想必是不管身處怎樣的環境，都足以閃亮發光，讓所有人仰頭羨慕的存在——

「我沒有名字。」

就在我這麼想的瞬間，一個年齡相仿的異質存在突然出現，將我們從叛軍的魔掌中保護了起來。

「但大家都叫我白色死神。」

宛如被轟雷擊中——宛如被一道光徹底洗滌。

看著面前的身影，我激動得一句話都說不出來。

在這一刻我突然明白了。

這才是真正的特殊之人。

然後，我是何其幸運。

就在遇到他的那刻——

身為普通人的我終於能挺起胸膛宣言，我擁有再也特別不過的人生。

第二章 要是連被強吻都不會，那當個隨扈可是活不下去的

剩餘報酬：90億

前情提要：我被白鳴鏡強吻了。

強吻。

嘴對嘴。

奈唯亞被白鳴鏡強制接吻了。

他突然闖進家中，對我做了堪稱犯罪的行為。

他的嘴唇比我想得還堅硬一點，身上也有著高級古龍水的香味——

等一下，這些都不是重點，我必須先冷靜下來。

這並非是什麼大事。

不過是跟白鳴鏡做了親密的情侶間才會進行的親密行為——

「啊啊啊啊啊啊啊啊——這根本就是大事吧啊啊啊啊啊啊啊啊啊！」

我雙手抱著頭大喊！

「喂！奈唯亞妳還好嗎！」

在我面前的左歌著急地問道：

「你從到學校後就一副魂不守舍的模樣，好像靈魂被什麼東西抽空一樣——」

「我的靈魂依舊是我的！不管是男人還是路西法都別想奪走！」

「你在胡說八道什麼啊！就是因為你的狀態實在太古怪了，我只好發動教師權限，強制中止課程，把你拉來保健室。」

「保健室……？」

「對，這裡只有我們兩人，這樣你可以冷靜點了嗎？」

「妳說得沒錯，根本就沒什麼好慌張的……」

雖然白鳴鏡不是我的對象，但這也並非什麼嚴重的事。

不過……

身為白色死神，被譽為傳說中存在的我，為何會被白鳴鏡給輕易奪走了嘴唇？

是和平生活過慣，自己的身手不知不覺退步了？

還是把他視為可以放心的對象，所以產生了空檔和可乘之機？

抑或是——

——我覺得跟白鳴鏡接吻也不錯呢？

「啊啊啊啊啊啊殺了我吧啊啊啊啊啊啊啊啊啊啊啊啊啊啊啊——！」

「為什麼又變得這麼不穩定！」

「我竟然犯了這樣的錯誤！我根本就不配當白色死神！」

「竟、竟然能讓傳說中的存在變成現在這樣……！」

左歌緊張得吞了一口口水後說道：

「或許……不，一定是發生了什麼足以和世界末日匹敵的大事……」

「我作夢都沒想到……竟然會在表姊家中跟『他』接吻啊啊啊啊啊啊啊！」

「嗯、啊、喔……」

似乎誤會什麼的左歌紅著臉，將目光朝向別處說道：

「真、真是令人意外啊，沒想到你竟然會這麼在意，我還以為你早就跟無數的人接吻過了……」

「那不一樣！」

我以嚴肅且認真的表情向左歌說道：

「因為這次和我接吻的對象是特別的啊！」

「特、特別是嗎？」

像是很熱似的，左歌一邊用手掌對著臉扇風一邊說道：

「沒想到『她』在妳心中的地位這麼不一樣啊～哼嗯～這樣啊～嘿嘿～」

左歌不知為何突然開心地哼起歌來，但音高全都有些微妙的偏差。

「若是放任這個事態繼續發展——」

我雙手摀著臉，有些懊惱地說道：

「感覺會發生什麼不可收拾的事……」

「你、你太誇張了，我跟你說，最多就只到這邊了，那只是表達謝意的一種方式，並不是真的想要傳達什麼心意——」

「不，要是繼續這樣下去……」

「我感覺我有一天會被『他』給推倒啊。」

「誰要推倒你啊！」

臉紅得跟番茄一樣的左歌，「砰」的一聲用力拍著眼前的床沿說道：

「你會不會想太多了！『她』根本就沒有想要做到那種地步——」

「真的嗎？」

我以嚴肅的表情問道：

「妳敢肯定的跟我說，『他』真的從沒想過要跟我進展到最後一步嗎？」

「…………………也、也不是說沒有想像過啦。」

「我就知道！果然是個禽獸！」

「也不用說成這樣吧！」

「具體而言，妳覺得那個性慾魔人想像到什麼地步了！」

著急的我按住左歌的雙肩，以極近距離看著她的雙眼問道：

「在『他』腦中，我到底被怎麼樣了？」

「竟然要問得這麼細嗎！」

「這是當然的！」

「一、一定要說嗎？」

「這對我來說很重要，快說！」

「既、既然你都這麼要求了……」

左歌雙眼一閉，就像是豁出去地說道：

「我覺得——」

「『她』應該連生孩子後的事情都已經偷偷想過了。」

「……………………」

——轟！

就像被五雷轟頂！

被左歌這句話重重敲擊的我不由得倒退了幾步，「砰」的一聲坐到了床上。

「生、生孩子？」

白鳴鏡對我的期待竟然已經到了這樣？

「對啦！就是生孩子啦！」

就像是在進行什麼羞恥 PLAY，臉紅到不行的左歌，雙手緊抓著自己的裙襬顫抖說道：

「『她』希望未來能生兩個女孩，一個男孩，甚至連孩子的名字都想好了。」

「可、可是……」

臉龐毫無血色的我低聲說道：

「就算『他』再怎麼期待，我都不可能生得出孩子啊。」

「咦……？為什麼？」

「還問為什麼？那當然是因為我沒有生孩子的器官啊。」

而且，白鳴鏡也沒有。

兩個男的生不出孩子，這應該是國中的健康教育就學得到的事吧？

「……我終於知道你為什麼能這麼完美地扮演女人了。」

「嗯？」

「想必是一直以來都在努力保護他人，才導致了這樣的缺陷吧。」

左歌一邊看著我的襠部一邊用手指擦著眼角的淚水說道：

「…………真可憐。」

「………………」

這傢伙為何看我的眼神突然充滿了憐憫之情？

「就算你再怎麼混帳，之後我還是會看在這點上，對你溫柔些的……痛痛痛痛！你做什麼啦！」

雖然不知道她誤會了什麼，但總覺得很火大，還是捏一下她的臉頰吧。

「不過話又說回來，你今天究竟為何表現得如此反常？」

臉型變得有些奇怪的左歌摀著臉，有些擔心地問：

「究竟發生什麼事了？」

「嗯……雖然我覺得問表姊這個無經驗者沒什麼用，但就當是打發時間，我順道問妳一下好了，希望妳能惜福。」

「妳覺得要怎麼樣做，才能打消一個人的戀心呢？」

「你這是向他人求教的態度嗎？」

「……………」

左歌先是沉默一會兒後，白了我一眼說道：

「這個問題我們之前是不是已經討論過了？」

「似乎是這樣沒錯。」

我仰頭向天，有些無奈地說道：

「但我也很想問自己，為何要一直面臨同樣的問題……」

「這是名為詢問的炫耀嗎？」

「才不是呢。」

「不過這問題根本就沒什麼好問的吧。」

左歌瞄了我一眼回道：

「所謂的戀心，是無法消除掉的東西。」

「妳的答案跟之前不太一樣。」

「是嗎？」

「之前不是說，要消除他人戀心，只要自損形象或是想辦法讓對方愛上別人就好嗎？」

「那是我年少輕狂時的誤判。」

「……這說法是怎麼回事？妳現在不是也才十六歲嗎？」

「先說自毀形象這招吧。」

就像是在說自己的事，左歌再度瞄了我一眼說道：

「要是真的愛上了，那不管對方變成什麼模樣，我想我都還是會喜歡吧。」

「……」

「畢竟喜歡一個人，就是要連他不好的部分也都愛上啊。」

總覺得像是突然變了一個人。

看著左歌那低著頭認真述說的神情，我不禁看傻了眼，一時間說不出話來。

「至於讓對方愛上別人嘛……」

過了不知多久後，左歌的發言讓我猛然回過神來。

「我認為也是不可能的。」

「為什麼？」

「因為當一個人真正愛上他人時——」

「他是不可能會去思考愛上其他人的可能性的。」

「……………」

看著左歌那莫名顯得有些成熟的側臉，不知為何……我有一種「輸了」的感覺。

「表姊。」

「嗯？」

「那個……」

就像是被她身上散發出的神祕氣氛給帶領，我不由自主地開口問道：

「妳真的沒有談過戀愛嗎？」

「當然啊。」

朝我吐出小小的鮮紅舌頭，左歌做了個鬼臉說道：

「身邊有你這樣的人渣陪伴，我要怎麼愛上他人呢？」

跟左歌談過後，我總算是找回自己的節奏，恢復原本的狀態。

這真是我人生中少見的慌亂。

看來我也是隱隱約約察覺了狀況的嚴峻。

要打消白鳴鏡的戀心，看來是比左櫻還要難上百倍。

畢竟他可是會因為迷上白色死神就執著他八年之久的人啊。

「不過，還有機會。」

左歌的說法我只認同一半。

「要是她說的是真理，那這世上就不會有移情別戀的人了。」

之所以看起來很專情，只是因為他沒有遇到更有魅力的對象。

「證據就是，儘管他如此迷戀白色死神，但白鳴鏡還不是將這份感情移轉到了奈唯亞身上。」

雖然嚴格來說不算是移轉，畢竟我們是同一人。

「那麼，現在我要做的事情就是——」

放學後，我走到四下無人的校舍後方，拍了拍手。

無圓缺「颼」的一聲憑空出現。

「所以說，現在到底是什麼狀況？」

「什麼狀況……？我不懂你在問什麼？」

面對我的詢問，無圓缺一臉不解地歪了歪頭。

「在我靜養時，妳不是說會好好扮演我嗎？」

「我有啊……？」

「別裝蒜了！」

我加強語氣說道：

「為何答應了白鳴鏡的交往要求，這根本就不像是我會做的事——」

「可是他家很有錢耶。」

「……」

「他說只要和他結婚，他的錢你可以隨便花。」

「…………」

「他說會讓你一輩子不愁吃穿，只要是你想要的東西，他就會排除萬難幫你拿到。」

「如果是這樣的話……」

我不禁有些動搖。

「那感覺結個婚好像也沒什麼關係……」

畢竟我的夢想這樣就等於實現了。

「對吧，所以我沒做錯……」

無圓缺有些不滿地鼓著臉頰說道：

「畢竟我就是白色死神，扮演奈唯亞這事，我怎麼可能出錯呢……」

「不過這樣不行啊！」

差點迷失自我的我趕緊回過神來說道：

「這樣要完成『ＬＳ任務』難度不是更高了嗎？」

「我跟他說畢竟我和海溫之間還有婚約，所以以結婚為前提而交往的事，是我們兩人間的祕密，誰都不能說。」

「……」

仔細想想好像確實是如此。

要是我是白鳴鏡女友的事已經公開，左櫻和左歌不可能沒有反應。

但一無所知的她們連向我追問此事都沒有。

「白鳴鏡的個性很認真，相信他會一直保密。」

無圓缺驕傲地挺起有些貧乏的胸膛說道：

「接著只要對白鳴鏡說『就算我有婚約對象了，但我最愛的其實是你』，這樣就能讓他品嘗悖德的快感後墮落，並趁這個機會把他和家裡的錢慢慢搾乾，最後在他失去所有利用價值時狠狠拋棄他，從他面前徹底消失，這樣事情就完美解決了。」

簡直是個不得了的惡女。

這傢伙的思維跟我真的如出一轍——不對，這傢伙本來就是我。

「唉呀唉呀～什麼時候白色死神的做事方式，跟酒家女一樣了？」

伴隨著高跟鞋的聲響，一道清亮且自信的聲音突然從我們身後響起。

「好久不見了，白色死神。」

穿著黑色套裝，留著細長馬尾，披著紅色圍巾的左獨出現在我們面前。

「──左獨大人！」

當看到來者何人時，無圓缺馬上單膝跪下向她問好。

「今天承蒙左獨大人蒞臨此地，肯定是祖上積了八輩子的陰德，小的歡喜到眼淚都快掉下來了。」

「……………」

「此身為您而存，此心為您而獻，若是您願意的話──」

跪著的無圓缺輕輕地用手碰觸左獨的腳，以無比認真的表情說道：

「請讓我用舌頭掃除妳鞋上的汙漬。」

「我說啊……」

左獨看著我，有些受不了地指著地上的無圓缺說道：

「既然這傢伙就是你，表示你也想對我這麼做，是嗎？」

「當然不是。」

我搖了搖手說道：

「就算要獻媚，我也會做得更不著痕跡，連問都不問就直接跪下去舔妳的鞋。」

「不愧是白色死神……」

無圓缺露出微笑說道：

「能這麼沒救真是不簡單，這回合算是我輸了。」

「不管怎麼看，會說出這種話的奈唯亞才是輸家吧？」

像是很受不了我們似的，左獨扶起跪著的無圓缺說道：

「這種表面的敬意就不用了。」

「開什麼玩笑！只要妳的資產依舊這麼高！我對妳的尊敬就不僅存於表面啊！」

「不要再說了，我越聽越明白這股敬意有多淺薄了。」

「不過左獨當家怎麼突然來了？」

我看著以優美儀態自信站立的左獨問道：

「雖然這樣問有些失禮，但妳最近出現在人前的機率是不是太高了？」

不是為了隱藏「左」之領導人的真身，一直深居簡出嗎？

「那是你的錯覺。」

左獨揮了揮手說道：

「我最近每次外出，都是因為你的緣故喔。」

「那還真是榮幸啊。」

不過仔細想想。

從聖誕祭的魔法事件、到之後的無圓缺事件，以及不久前的一成神醫委託，確實每個都跟我有關係就是。

我再次體認到我果然是被詛咒了，總是處在事件的漩渦中心。

「那這次又有什麼棘手事要委託我嗎？」

「這次出現在你面前，為的不是委託，而是道謝。」

「嗯？」

「謝謝你——」

在我還沒反應過來時，左獨就向我深深地低下了頭，讓長長的馬尾從她的肩膀旁滑落。

「謝謝你救了左弦。」

「…………………」

我驚訝地說不出話來。

身為「左」的最高存在，她是絕不能輕易低頭的。

但是她卻向我彎下了腰，盡她所能的表達她的感謝之意。

「我是以左獨個人的身分來的。」

就像是看穿了我的想法，左獨抬起頭來，露出原本的自信笑容說道：

「該給你的十億報酬已經給了，之後別拿這份恩情挾持我，要求更多東西喔。」

「也就是說……已經兩清了？誰都不欠誰？」

「就是如此。」

果然很聰明。

在籠絡人心的同時又免除了之後的麻煩。

果然是個難以應付的人。

「不過呢，我也不是這麼絕情的人，還是能給你一點情報，就當作利息吧。」

左獨一個揮手將長馬尾揮至後方後說道：

「之後確實會有委託找上你，而這個委託，跟之後五色高中要舉辦的活動有關。」

「這次又有什麼活動了？」

「敬請期待～」

左獨向我眨了眨眼。

「身為優秀的教育者，我準備了很適合大家的活動喔。」

「……但我仔細回想，我好像每次都因為學校活動而間接惹上大麻煩。」

「你說得沒錯，這對你來說與其說是委託，不如說是麻煩。」

「…………」

「白色死神。」

就像是期待接著會發生的好戲，左獨掩嘴輕笑道：

「你認為這世上有所謂的『輪迴轉世』嗎？」

轉生。

輪迴轉世。

在死掉後開始另一段人生，並有可能殘留上上輩子的記憶。

這是很多宗教會提倡的觀念，也被廣泛地運用在動漫或是創作中。

但是在現實中，我還真沒有遇到輪迴轉世的人。

真要說的話還是有類似的，那就是無圓缺的「不死」。

靠著「無」巨大的財力和殘酷，無圓缺得以不斷死而復生。

但這樣的現象，是建立在大量的犧牲上。

很難想像會有第二個組織做出這麼瘋狂的事。

不過在我還沒搞清楚左獨話中的深意時，麻煩就如她所說的一般地找上門了。

「知道我為何要找妳出來嗎？」

在學校的屋頂上，我面前站著一位驚人的美少女。

她的五官帶有外國人特有的深邃感，長長的金髮在側邊綁了個單馬尾，看起來應該是混血兒。也或許是因為這個緣故，她的身材十分纖瘦高䠷，跟國外的模特兒相比也毫不遜色。

「奈唯亞。」

她毫不客氣地直呼我的名字。

從她銳利的眼神和抱起的手臂，我本以為她的聲音會是帥氣且低沉，但出乎我意料的，她的嗓音十分柔軟溫和。這種和外表的反差，讓她整個人呈現一股特殊的氛圍。

「我的名字叫芍凜，請多指教。」

雖然外表很西方，但名字倒是挺有東方氣息的。

「我和妳一樣同是五色高中二年級，雖然不同班，但我想妳應該知道我是誰。」

奇怪？這傢伙一臉自信的樣子是怎麼回事，我不記得我有跟她見過面啊？

但勺凜在我趴下身搜索自動販賣機底下的零錢時叫住了我，要求和我單獨談話。

「我確認一下，我跟妳是初次見面吧？」

「沒錯。」

「嗯……？」

從她身上感受不到任何危險的氣息，應該不是敵人才對。

那為何一副跟我深有淵源的模樣？

「莫非……」

她的目的其實是——

想到某種可能性的我趕緊退了幾步，跟她拉開了距離。

「芍凜同學是吧？」

我輕咳幾聲後，手撫著自己的胸膛認真說道：

「在對談前，奈唯亞必須先跟妳聲明一件很重要的事——」

「請不要愛上我。」

「……………………………………………………」
可能是我的話太過出乎她意料，她呆呆站在原地一動也不動。
「不要因為是同性別而愛上我。」
「……」
「也不要因為待在我身邊久了就愛上我。」
「……………」
「更不要裝作表面上不動聲色，然後其實愛我愛得要死。」
「……………」
「順道一提，就算沒有愛上我，也請不要找機會強吻我。」
「……………」
「如果妳接受這些前提，那我們可以開始對話，試著加深關係了——不過最後還是再提醒妳一次，請絕對不要愛上我。」
「……………………………………」
芍凜一動也不動，就像是遇到什麼超越她理解的事態，導致無法思考和行動一般。
我也不願意這麼做，但醜話還是得先說在前頭。
最近我就像是被詛咒一樣，不斷被他人愛上，現在糾纏在我身上的感情線，已經複雜到跟網子一樣密了。
「只剩左歌可以放心了……」

我以只有我聽得到的音量低語。

深知我本性的左歌是絕對不會愛上我的，在周遭虎視眈眈的狼群中，她就是我寶貴的避風港。

「在來之前，我雖然試想過妳是怎麼樣的人……」

過了不知多久後，彷彿被凍結的芍凜才終於回過神來說道：

「但沒想過是個瘋子啊。」

「喂，妳說什麼？」

「抱、抱歉……」

看來剛剛是動搖很嚴重，芍凜一邊抹著額上的冷汗一邊說道：

「但我是第一次遇到這麼自戀……不，自我主張這麼強烈的人，請原諒我一時的失禮。」

竟然乖乖道歉了，這人意外地教養良好。

「話又說回來，妳到底是誰呢？」

我直接進入問題核心。

「既然是初次見面，又為何肯定奈唯亞一定認識妳？」

「咦？雖然這兩年我不常在雙之島，但哥哥沒跟妳說過我的事嗎？」

「哥哥？」

隨著這個名詞，我的腦中浮現了一個讓我最近困擾已久的身影。

「是的，容我再次自我介紹。」

右手拉起裙襬，左手放在胸前，芍凜向我微微低頭致意道：

「我是『芍』家的繼承人，也是白鳴鏡的妹妹。」

幕間 白鳴鏡的過去・二

時光稍稍倒轉到墜機意外之前。

我——白鳴鏡和家人正一同享受著平和的機上之旅。

「哥哥，那是什麼啊？」

在我身旁的芍凜突然指著飛機窗外問道：

「那個黑色的東西是什麼？」

「嗯？」

本來我以為是遠方的烏雲或是窗上的汙漬。

因為在飛行航線上，理論上不會出現任何其他飛行物才對。

「但是……好像不太對。」

窗外的汙點越來越大、越來越大。

——碰！

巨大的聲響從機翼處響起，彷彿飛機突然遭到了什麼攻擊。

刺耳的紅色警報聲響了起來！

「請大家盡速繫好安全帶！留在位置上！再重複一次，請大家——」

機長的廣播聲不斷重複。

即使是我這種小孩都能感受到他話中蘊藏的慌亂。

身邊的芍凜因為害怕而緊緊抱著我，但我不知為何，視線始終無法離開窗外的黑影。

「那是……飛船？」

比我們所乘的飛機還巨大幾倍的飛船，就這樣浮在半空中，宛如空中之島。

這艘橢圓形的飛船底部伸出了幾支冒著硝煙的機槍，這就是造成我們飛機墜落的原因嗎？為了不讓我們撞上那艘飛船，於是先行將我們擊落？

——碰咚！

飛機大幅度地晃動了一下！差點將我們甩離座位。

但即使如此不平穩，我仍死死地盯著遠方的飛船，想看穿背後所隱藏的事物。

也不知是不是我的錯覺。

在飛機墜落的最後一刻，我看到了——

飛船的船身上，印著一隻張開的手掌，掌心中用濃厚的黑墨，寫著大大的「右」字。

第三章 要是連師傅都不會當，那當個隨扈可是活不下去的

剩餘報酬：90億

「妹妹？」

我上下打量眼前的芍凜。

坦白說有些奇怪啊。

她的金髮閃著柔順的光芒，那髮色看起來不像是染的而是天生的。

也就是說，這人不管是髮色還是五官都和白鳴鏡都沒有相似之處。

「原來如此啊。」

我點了點頭說道：

「是私生子嗎？」

「喂！太失禮了！」

芍凜出言抗議。

但就算是在反駁，她的語氣仍有所克制地不讓聽的人感到過於強烈。

「我才不是私生子呢！我不是說了嗎？我可是正統的『芍』家繼承人。」

「這點也很可疑啊，明明是白鳴鏡的妹妹，姓氏卻是『芍』？而且還同是二年級？」

「之所以姓氏不同又同年齡也是當然的，因為我和白鳴鏡是沒有血緣關係的兄妹啊。」

沒有……血緣關係的妹妹？

「『芍』的當家——也就是我的父親，在我和哥哥都還在母親肚子中時，就訂下了互許終生的婚約。」

既是沒有血緣關係的妹妹又是未婚妻？

「為了培養我和哥哥之間的感情，也為了未來夫妻相處能順遂，『芍』從小就將我送到了白鳴鏡家，為了有個可以對外說明的名分，所以向『左』購買了戶籍，在結婚前都以白鳴鏡的妹妹自稱。」

沒有血緣關係的妹妹又是從小一同長大的未婚妻兼青梅竹馬？

「奈唯亞明白了。」

我點了點頭，露出燦爛的笑容道：

「現在奈唯亞就代替全天下的單身男人，去將鳴鏡學長爆破掉，請妳稍等一下。」

「為什麼聽完我的說明後會得到這樣的結論啊！」

這種集所有輕小說元素於一身的美少女是怎麼回事？

光是存在就會誘發我對白鳴鏡的殺意。

「雖然我不是很懂，但父親曾在一個人時喃喃自語：『最強的屬性就是所有屬性兼具，這樣不管是什麼競爭對手都無法與我女兒抗衡了。』」

「芍」的當家也太懂了吧？

看起來似乎是不擇手段想要把女兒嫁給白鳴鏡。

「從小我就為之後能嫁給哥哥而努力，不僅努力學習廚藝、家事和才藝，也盡力充實自己的內涵和磨練自己的外表，本來一切都很順利的，但是、但是——」

就像是在拚命忍耐自己那激昂的心情，芍凜指著我說道：

「自從妳出現後，一切都變了！」

「別含血噴人啊。」

被別人指責時，不管如何，總之先否認就是了。

「我可什麼都沒做——」

「哥哥竟然會在深夜時，和自己的導師左歌幽會！」

「……」

「他還會約很多不同類型的女孩子聯誼，甚至會自行去參加相親活動！」

「…………」

「而且、而且——」

芍凜有些哽咽地說道：

「哥哥的房間中，開始充斥著大量的巨乳寫真集！」

好吧，這些事情確實都跟我有那麼一點關係。

「原本的哥哥究竟去哪兒了……」

芍凜雙手摀著臉，難受地說道：

「以前的他，明明就是個整天嚷著要跟白色死神結婚，一有空時就坐在桌子前，一邊幻想白色死神的模樣一邊作畫，一個既認真又單純的人啊……」

妳真的覺得原本的他有比較好嗎？

「芍凜同學……不，芍凜。」

我試圖透過稱呼拉近關係。

「就算退一萬步說，妳剛剛的臆測真的有那麼一點微小的可能性好了。」

「妳不確定的用詞是不是用的太多了？」

「那麼，妳今天來找我的目的究竟是什麼？」

「這還用問嗎？」

芍凜皺起眉頭，看著我說道：

「當然是特地來看一下，讓哥哥墮落的女人真面目究竟是如何啊！」

讓妳哥哥墮落的女人真面目其實是男人。

「總之我明白妳的來意了。」

我伸出手按了按她的肩膀，試圖請她冷靜說道：

「不過我想妳可能誤會了什麼。」

「我誤會了什麼？」

「我並沒有想要和妳搶鳴鏡學長的意思。」
「……真的嗎？」
「真的真的。」
我點頭如搗蒜。
「真要我說的話，我還希望妳能快點跟他結婚呢。」
「太、太誇張了——」
芍凜低下頭，有些嬌羞地說道：
「妳說誰是跟哥哥天造地設的一對，此生註定要在一起的存在啊。」
「不，奈唯亞也沒說到這種程度……」
但芍凜的出現讓我鬆了一口氣也是事實。
有這樣一個有魅力的女孩子在他身邊，不愁白鳴鏡不會回心轉意。
只要製造一個契機，想必白鳴鏡就會意識到他真正重要的人是誰吧。
「我再確認一次。」
芍凜手指不安地互相戳了戳。
「妳真的對哥哥沒有任何意思嗎？」
「奈唯亞敢對天發誓。」
我指著天空說道：
「要是之後奈唯亞跟鳴鏡學長在一起，我的同居者就會天打雷劈！永世不得超生！」

「為何發誓的對象會是同居人……？不過算了，原來沒有啊，嘿嘿～」

芍凛手捧著臉，露出再幸福不過的笑容。

這也太可愛了吧？

我看我還是找個機會把白鳴鏡偷偷幹掉吧。

「不過真是嚇了我一跳啊。」

看起來似乎鬆了口氣的芍凛拍了拍胸膛說道：

「因為哥哥一直唸著奈唯亞，害我沒發覺妳是誰，不過今天見面後才知道根本就是熟人。」

「嗯……？」

芍凛的話讓我感受到疑惑。

「好在妳不是我的競爭對手，要不然我怎麼可能會贏妳呢。」

「……」

「畢竟我是不可能跟白色死神對抗的。」

我伸手入裙，握住了裡頭的槍。

她知道我是白色死神？

我再度搜尋自己的記憶，卻完全沒有和這人有關的記憶。

在成為白色死神後，我在裡世界經歷了許多事件。

雖不是所有人事物都記得，但若是這樣的女孩和我接觸過，我應該會有記憶啊。是她的模樣已經完全改變？還是在我所不知道的地方看過我？

「你不記得我也是當然的。」

就像變了一個人，芍凜順了順耳際的頭髮，露出意味深長的淺笑說道：

「因為原本的我已經死了啊。」

「……」

「你應該記得這個東西吧。」

芍凜向我攤開了手掌，露出了左手食指上的戒指。

這個戒指作工十分精細，它以無數的小碎鑽堆疊成一頂皇冠的形狀。

「……這不是妳的東西吧？妳怎麼會有這個？」

「這確實是我的東西喔。」

「不可能。」

因為這戒指的主人，已經——

「已經被你殺死了，對吧。」

就像是看穿了我的心聲，芍凜摸著首飾說道：

「但很幸運的，我在死後歷經輪迴轉世，最終成了芍凜。」

「妳在說笑吧，這種事怎麼可能。」

「『愛莉莎維爾』。」

「——！」

「你應該記得原本擁有這個名字的女孩吧？」

隨著芍凜的話語，一段遙遠的記憶浮現在我腦中。

「吶，要不要打個賭啊。」

眼前的女孩順了順耳際的頭髮，露出意味深長的淺笑。

「只要你輸了，就要負起責任將我殺掉。」

「你有遵守約定呢，白色死神。」

芍凜開心地說道：

「竟然將我的名字繼承了下來。」

我現在的名字叫作「奈唯亞・逢・愛莉莎維爾」。

芍凜說得沒錯。

名字中最後的那五個字，原本確實並不屬於我。

「妳到底是誰？」

眼前的人，既熟諳又陌生。

她手上的戒指閃著妖異的光芒。

明明只是一個人，卻散發著兩個人的氣息。

「知道我名字祕密的，應該只有我和『愛莉莎維爾』本人才對啊。」

「我剛剛不是說了嗎？」

芍凜摸了摸右手上的戒指，露出笑容說道：

「我是『芍』的繼承人、白鳴鏡的妹妹兼未婚妻——」

「也是死掉轉生後的『愛莉莎維爾』。」

愛莉莎維爾。

她是個讓我十分印象深刻的女孩子。

白色死神長勝不敗，任務達成率百分之百。

但是，這不代表我不曾輸過。

比方說我額上的傷痕，就是由無圓缺所刻下。

而在為數不多的失敗中，愛莉莎維爾也占了十分重要的一角。

因為我確實輸給了她。

她巧妙應用她的智謀，讓白色死神在她底下栽了跟頭。

做為代價，我將自己的一部分留給了她。

那一部分就是「名字」。

若是場合適宜，我必須在之後假扮他人時，將她的名字化入其中。
雖然乍看之下是沒什麼意義的舉動，但這確實讓我將她的存在牢牢刻在了心中。
「不過……這究竟是怎麼回事？」
在八年前她就死了啊？而且還是由我親手將她殺掉的。
「所以，是她的經歷或是記憶透過某種方式傳承了下來……？不對，這可能性也很小。」
因為她的真實身分很特殊。
她是某個小國——「莎」的公主。
「而且，就算她真的死而復生好了，她也不可能會是『芍凜』。」
因為在我的調查下，「芍凜」確實如她所說，是「芍」的繼承人。
出生之後就在「芍」家，之後過繼成了白鳴鏡的妹妹，今年十七歲。
八年前死掉的愛莉莎維爾轉生成十七歲的芍凜？
這怎麼想時間都對不上。
但是……芍凜確實有著愛莉莎維爾才有的記憶。
「莫非……真的有『轉生』這麼荒謬的事？」
「你在說什麼傻話。」
我身邊的左歌聽到我的自言自語，有些受不了地向我說道：
「轉生這種事當然是存在的啊。」

「……」

放學後，我回到左歌的住處。

一直到深夜時，左歌才完成專屬女僕的工作回到家中。

等到她歸來後，我會將做好預留的飯菜熱好給她吃。

在她盥洗完後的一小段睡前時間，我們會各自做著喜歡的事。

這已經是每天固定的日常了。

「你看看我手上的書。」

左歌像是炫耀般，展現了一下封面畫著裸露動漫女性的書。

「這是最近很受歡迎的輕小說：『轉生到異世界的我因為實在長得太帥所以只好開後宮和一千人交往而且還一不小心成了世界最強的王』。」

「……這是內文？」

「這當然是書名啊。」

明明沒有人拜託她，左歌卻打開書開始唸起裡頭的內容。

「這就是異世界轉生嗎？」

身為社畜的我，一不小心因為一天工作二十三小時後被衝進公司的卡車給撞死。

當我睜開眼後，圍繞在我身旁的是一千個獸耳美少女。

因為我實在長得太帥了，所以她們全部對我展開了熱烈的追求，最終甚至為了我成立屬於我的國家。

但是，這樣的狀況卻惹來了鄰國的不滿。

手握一兆種技能的我，為了這個世界的命運，就這樣和魔界四天王開啟了名為「諸神黃昏」的最後之戰。

「不要唸了……」

我發自內心地懇求左歌說道：

「拜託妳不要繼續唸了……」

「我懂。」

左歌點了點頭說道：

「這麼精采的小說，你肯定是不想聽我唸，想找時間留著自己看對吧？」

「如果哪一天我想服毒自盡我會考慮的。」

現在的輕小說都是這樣嗎？

必須泯滅人性才能寫嗎？這職業也太嚴酷了吧。

「我不知道你在煩惱什麼，但依照我那豐富的閱讀量判斷，『轉生』是完完全全有可能的事情。」

左歌推了推不存在的眼鏡，一臉了不起地以指導者姿態向我說道：

「轉生的途徑五花八門，但最主流的模式，應該是過勞至死還有被車給撞死。」

「也就是說——？」

「也就是說我在過勞死後，有很大的機率會轉生到有一堆毛茸茸可愛生物的國度去吧，嘿嘿嘿嘿嘿～」

看著不知在想像什麼而一邊傻笑一邊流口水的左歌，我不禁露出有些虛無的眼神。

果然跟左歌商量煩惱就是在徒增煩惱。

「不過最近妳回來的時間似乎挺晚的？」

「我、我不是和其他人偷偷見面或約會什麼的喔！」

聽到我這麼一問，左歌有些慌張地向我說道：

「我是因為學校的下個活動讓導師工作太多做不完，才壓縮了去大小姐那邊的時間。」

「？」

我當然知道妳這輩子都不可能跟男人約會，何必特別跟我強調這點？

「五色高中接著又有什麼活動嗎？」

「你不知道嗎？」

左歌有些傻眼地說道：

「我明明就有在課堂說明過，然後還發資料給大家回去填寫。」

「是這樣嗎？」

最近實在發生太多事，導致我在上課時基本都在放空和思考。

「這次五色高中的活動是『未來實習』。」
「『未來實習』？」
「簡單說，和一般學校的未來志願調查是差不多的意思。」
左歌從我的包包中拿出了她發給學生的文件。
「要『升學』、『就職』還是『其他』，先決定大方向後，再好好思考未來畢業後打算做些什麼、成為什麼。」
「例如想成為有錢人或是被有錢人包養抑或是能包養有錢人嗎？」
「你這三個志願聽起來不都是同一個嗎？」
左歌白了我一眼。
「不過這活動還真是樸實無華啊，就像是一般高二生會舉辦的活動。」
「因為你就是高二生啊。」
左歌用手指揉了揉像是很酸的雙眼，繼續說道：
「雖然這個活動讓我變得非常忙碌，但我覺得比起之前那些富含趣味性的慶典，『未來實習』對學生來說更為重要且深具意義。」
「喔喔——表姊說起話來好像老師啊。」
「因為我就是老師啊。」
左歌再度白了我一眼。
「不過既然是左獨當家舉辦的活動，想必應該沒有這麼簡單吧？」

「沒錯。」

左歌點了點頭道：

「當你決定好未來的方向後，『左』會替你安排好為期一週的『實習對象』。」

「『實習對象』？」

「簡單說就是類似師父的存在，若你決定成為醫生，你會被安排到醫生身旁實習；如果你想成為運動員，則會依照你的需求項目，替你分配該領域的職業選手；如果你想要成為輕小說家，則會直接將你送去精神病院羈押，然後順道叫責編也一起進去。」

最後那個好像怪怪的。

「不過這聽起來還是一點都不特別啊，不就是普通的職前見習嗎？」

「才不是呢。」

左歌搖了搖頭說道：

「這可是『左』辦的活動，哪有可能像你想得那麼單純。」

左歌操作平板，亮出了上次活動的影片。

「這是上次網球專門的學生提出申請後得到的師父。」

「嗯……？這個該不會是……？」

影片中的外國人，連不太關注體育活動的我都認識。

「沒錯，這個人是世界排名第三的網球選手。」

「……請了頂尖排名的職業選手來指導？而且為期一週？」

「不只如此，為了讓學生更好吸收，還附帶翻譯、醫護員、熱身指導員——已經等於一整個專業教練團了。」

「該不會全部學生的申請……」

「都是由該領域中『最為頂尖』的人來進行指導。」

「……做到這種地步，我除了佩服以外已經不知道說什麼好了。」

「有一句話是這樣說的——『不管是怎樣的領域，只要付出一萬小時的努力，你都會小有所成』，不過左獨大人認為這句話並不正確。」

「哪裡不對？」

「人生中並沒有那麼多一萬小時，也不是隨口說說就能為一件事付出一萬小時。」

確實是如此。

所以一般的基礎教育，才會是通才培養而非專才培養。

那是為了讓學生挖掘他所適合的領域。

「那麼，最好的方式就是讓學生明確看到『未來』會是如何。」

模仿左獨的口吻，左歌說道：

「『你將成為怎麼樣的人』，『你將過著什麼樣的生活』，『你為此還欠缺哪些東西』——當有了明確的方向後，人才能朝著終點前進，也才會願意將所有熱情和時間投入在你想努力的事物上。」

「原來如此。」

將模糊的憧憬化作具體可見的現實，這就是「未來實習」。

「我再次體會左獨當家在教育上的付出有多可怕。」

是不是即使無法和左櫻接觸，也想讓她得到最好的環境呢。

「雖然我知道這個活動對白色死神的意義不大，畢竟你是為了『ＬＳ任務』才偽裝成五色高中的學生。」

左歌向我柔聲說道：

「但對於你的未來，我覺得你可以多想想。」

「……什麼意思？」

「並不是成為白色死神後，就不能成為其他事物。」

「…………」

「你的未來依然很寬廣，擁有無限的可能性。」

露出一副教師表情的左歌，輕輕拍了拍我的肩膀說道：

「就跟普通學生一樣，對未來作夢，又有什麼不好呢。」

聽著左歌的話，我的腦中浮現了一個很模糊的畫面。

畢業後的我悠哉地街道上走著，盤算今天晚餐要吃什麼。

沒有人注意到我，也沒有人看到我就露出驚訝的神情。

我就和一般人一樣，過著和平的生活。

「我明白了。」

我將視線從左歌注視著我的雙眼移開說道：

「……就姑且將表姊的話放在心中吧。」

「呵呵……」

「笑什麼笑！」

我給了左歌一腳，將她踢翻在地。

真是的。

這傢伙，竟然說出了和無圓缺類似的話。

「順道一問，表姊妳雖然表面上是老師，但真實身分其實是學生，所以妳也有資格參加這活動吧？」

「當然啊。」

「妳填寫了什麼未來志願？」

「『寶◯夢訓練大師』。」

「什麼？」

「『寶可◯訓練大師』。」

「…………………」

「真是期待啊。」

左歌一邊前後搖擺身體一邊哼著歌。

「不知道來指導我的會是誰呢？」

看著心情很好的左歌，我默默地退到一旁，以關懷的眼光守護著她。

之後左獨當家開發了完全沉浸式的〇可夢世界，讓左歌戴上無法拔下的頭盔進入該世界一個星期，並訂下了寶〇夢在裡頭死亡就會完全消失的規則，讓一週後歸來的左歌，有了只要看到寶〇夢就會崩潰哭著道歉的後遺症——那又是另一個故事了。

隔日，慣例的午餐會。

白鳴鏡似乎還在煩惱志願是什麼，所以沒過來，至於左歌則是忙著處理工作。

我和左櫻在屋頂上單獨吃著午餐。

總覺得好像很久沒這樣了。

明明一開始只有我們兩人的，但不知不覺間加入午餐會的人越來越多。

而且最近實在發生太多事，讓我們兩個相處起來的感覺有些微妙。

「奈唯亞？」

「嗯？啊啊！」

左櫻的呼喚聲讓沉浸在思緒中的我趕緊回過神來。

「左櫻大人，怎麼了嗎？」

「我在說左歌最近的樣子有些奇怪，妳有什麼頭緒嗎？」

「表姊？」

我愣了一下後，趕緊搖手說道：

「奈唯亞在家時，表姊的行動一直都很奇怪，所以應該很正常才對。」

「對妳來說……她表現異常才是無異常是嗎……」

「具體來說，表姊除了長相外，還有哪裡不對勁嗎？」

「…………」

忍住吐槽的衝動，左櫻一邊回憶一邊說道：

「感覺發呆的時間變多了，有時會一邊低頭沉思，一邊露出奇怪的笑容或是嘆氣。」

「喔……？」

「然後工作上的失誤也變多了，昨天甚至還突然抱頭大喊：『不是這樣的！我怎麼可能對他會有這種心情啊啊啊啊啊啊啊──────！』，嚇了所有人一跳。」

這確實不太正常。

不過在家中她都沒有這種表現啊？

「我曾經問她是不是又燥熱難當，快要按捺不住了。」

臉上微微帶著潮紅的左櫻用手指抵著嘴脣說道：

「於是我主動提議要替她『舒緩一下』，但左歌只是用空洞異常的眼神拒絕了我。」

嗯，顯然上次的誤會還沒解開。

左歌在左櫻心中似乎已經是個性慾異常者了。

「不過別擔心表姊吧。」

我思考了一下後說道：

「她已經跟以前不一樣了。」

「怎麼說？」

「若是遇到困難，奈唯亞相信她會求助的。」

就跟左弦那時一樣，她已經不再只有忍耐一條路了。

「她的身邊已經有可以依靠的人了。」

左歌的身邊已經有左弦。

她和我不同，已經不再是孤單一人。

我相信她已經不會有事了。

之所以言行奇怪，大概是看漫畫又迷上了什麼奇怪的ＣＰ吧。

幾天前看到她在看觸手Ｘ獸人的本，讓我差點因此不敢回家。

「哼～」

不知為何，左櫻突然沉默不語，只是從一旁緊盯著我看。

「……怎麼了嗎？左櫻大人。」

「哼～嗯～」

「不要只是發出奇怪的語助詞，這樣很恐怖。」

莫名的壓迫感，讓我冒出了冷汗。

「我只是在想，妳還真是瞭解左歌啊。」

「畢竟是親戚嘛。」

「哼～～是這樣啊～～～～」

就說不要用這種若有其事的聲音給人壓力了，真的很恐怖。

「對了，左櫻大人。」

有些受不了的我趕緊轉換話題道：

「『未來實習』妳填了怎樣的志願呢？」

昨晚聽完左歌說明後，我詳細看了文件，才發現這個活動比想像中的還認真許多。

除了要求的志願外，還能填寫希望實習的對象，也能擬定實習時的計畫書。

也就是說，當事人考量得越周詳，「未來實習」時就越能貼近你的理想。

「嗯……還在煩惱呢。」

左櫻偷看了我一眼後說道：

「我有憧憬的人，想要成為和她一樣好的人，但總覺得這樣繼續下去是不會有進展的。」

那也是當然的。

畢竟妳所憧憬的人是個人渣，好的地方是0。

「奈唯亞填了什麼志願呢？」

「我嘛……」

事實上雖然左歌和無圓缺這麼說，但現在的我並沒有想要達成的未來。

身為白色死神的我，除了平靜生活外，基本什麼東西都是手到擒來。

所以，我還是想把達成「ＬＳ任務」當作目前最優先的事項。

所以——

「我填了『新娘子』。」

「……………」

「我未來的志願，是『新娘子』。」

然後故意在提交表單時弄掉，裝作不小心地讓身邊的同學看到。

「難怪剛剛在課堂上時，二年異班的男同學會躁動歡呼……」

左櫻恍然大悟地點了點頭說道：

「原來這就是原因啊。」

這就跟女孩子說喜歡貓狗是一樣的道理。

並不是真的喜歡貓和狗，而是喜歡貓和狗的女孩子看起來比較可愛。

同樣的道理，並不是真的想要當個新娘，而是這種志願比較容易讓男孩子心動。

「不過奈唯亞的未來志願是新娘子啊……」

左櫻看著我，若有所思地道：

「那我的志願要不要寫『新娘子的新娘子』呢？」

「左櫻大人妳冷靜點。」

那是什麼鬼？我反彈妳的反彈嗎？

「可是白鳴鏡班長也寫了差不多的東西啊，在奈唯亞的志願曝光後，我好像看到他寫了『新娘子的肉——』之類的字。」

「肉後面的字是什麼！」

不管接什麼都很奇怪吧！但願後面那個字不是我心中想的那個字。

「不過他後來似乎還是修改成別的志願了。」

「那就好……」

希望不是改成更過激的志願。

「奈唯亞。」

在話題的最後，左櫻問了我一個問題。

「什麼樣的人，會留在妳的心中呢？」

「……左櫻大人的問題是什麼意思？」

「妳會對怎樣的人特別印象深刻？」

「這個嘛……」

一瞬間在腦海中閃過很多人。

可能是最近芍凜在我面前出現的關係，最終我的腦中出現了愛莉莎維爾的身影。

「讓我覺得『我輸了』的存在吧。」

「……真是意外。」

「為什麼要意外？」

「所謂的輸不就是不如他人嗎？所以奈唯亞所謂的印象深刻，其實是負面意義的留下印象？」

「並不是這樣的，左櫻大人。」

我搖了搖手說道：

「這輩子中，我輸的次數寥寥無幾，但每一次輸給他人時，都能讓我深刻體會到——」

「我其實並不特別。」

就算被同伴譽為傳說，被敵人視為怪物——

我依然沒有脫離正常人的範疇。

「畢竟，我真正想達成的願望，所謂的怪物是沒資格拿取的。」

所以當輸給愛莉莎維爾時，我想我是開心的吧。

「我明白了。」

左櫻點了點頭，表情突然變得堅毅，就像是下定了什麼決心。

「我想，我終於找到我的志願是什麼了。」

我不知道左櫻究竟填了什麼樣的志願。

我唯一知道的只有一件事。

就在「未來實習」開始的瞬間，左櫻從我們面前消失了。

不管我運用怎樣的手段都找不到，就像是從「雙」之島上徹底蒸發。

「啊啊啊啊啊啊啊啊啊————！」

左歌著急地在家中轉來轉去。

「我身為她的專屬女僕真是失職！竟然連大小姐到底去哪裡都不清楚！」

我在雙之島上藏了不少竊聽器和攝影機，但不管是哪個機械都沒有發現左櫻的身影。

「她連表姊都沒有打過招呼，就這樣不見了嗎？」

「是啊！這種異常事態從未發生過！之前她鬧脾氣離家出走時，至少會留個字條說：『請不要來找我，我在左歌房間的床底下。』」

這很顯然是要人找她吧？

「表姊對她的消失有任何頭緒嗎？」

「我才要問你是不是對她做了什麼呢！」

慌亂的左歌抓住我的雙肩拚命搖晃道：

「你一定是對她做了什麼不得了的鬼畜行為！例如在她吃 pizza 時加入鳳梨，或是趁她睡覺時在她大腿內側用油性筆寫上正字記號！」

後面那個例子是怎麼回事？

還有這兩個行為對妳來說是等義的嗎？

「我不可能對她做什麼吧，若是她不見了，『ＬＳ任務』也算是失敗了。」

我勸著眼前的左歌說道：

「總之表姊妳先冷靜點。」

「你要我怎麼冷靜！她可是音訊全無啊！真要我說就跟死了沒兩樣吧！」

「妳這種說法才是真的過分吧。」

我輕輕用手刀敲了她的額頭一下。

「放心吧，她沒事的。」

「你的根據是什麼？」

「正是因為不管怎麼找都找不到有關她的線索，所以我們才能安心。」

「什麼意思……？」

「不是我在自誇，我可是傳說中的白色死神啊，要是真要找人，連妳掉在廁所的毛髮都逃不過我的搜索。」

「真、真不愧是傳說中的白濁死神——痛！」

我再度給了她一個手刀，但這次很大力。

那個明顯偏向色情用途的稱呼是怎麼回事？該不會妳心中都是這麼叫我的吧？

「換言之，找不到左櫻是幾乎不可能的，之所以會有這現象，只有一種可能——」

「那就是左獨當家將她藏起來了。」

「沒錯。」

隨著我這麼說，左獨的鼓掌聲從我身後傳來。

「還是老樣子，這麼快就發現了真相。」

當左獨現身在我面前的那刻，周遭的空間瞬間變得靜悄悄的。

也不知道左獨是怎麼做到的，方圓一公里內一個人的氣息都沒有。

就像是左歌的家從這個世界被切割、獨立了出來。

「恭喜妳，奈唯亞。」

左獨單手扠著腰，對我露出了微笑說道：

「雖然只是短短一星期，但妳能從『ＬＳ任務』中脫離，有一段短暫的休假了。」

「一星期……」

馬上就意會過來的我說道：

「左櫻的消失，跟她填的『未來實習』志願有關，是嗎？」

「沒錯。」

「她填了什麼志願？」

「無可奉告。」

左獨露出壞心眼的笑容說道：

「我很開心你這樣重視她和『LS任務』，不過，現在還是別擔心她的事比較好。」

隨著她的這句話，一陣足以撕裂空氣的熟諳聲響從遠方天空處響起，逐漸朝這邊靠近。

我探頭從窗外一看，結果發現了一臺噴射機正從這邊飛來。

「奈唯亞，現在我要以五色高中的校長身分對你提出委託，報酬金是『十億』。」

「——————！」

竟然跟治療左弦的報酬一樣？

在我因為驚訝而愣住的瞬間，左獨從懷中抽出一張志願表。

上頭有著端正整齊的字跡寫下的志願——

「足以駕馭『裡世界』的存在。」

「到底是哪個蠢蛋……」

竟然寫下了這種愚不可及的願望。

「『未來實習』會盡全力滿足學生的願望，為他帶來最頂尖的指導者。」

將志願表塞到我的手中，左獨說道：

「這個人選，非白色死神莫屬。」

「妳真的知道這意味著什麼嗎？」

我的聲音變得冷酷、低沉。

「跟一直以來的歡樂日常不同，所謂的裡世界，是毫不講理的世界。」

沒有律法也沒有規則，而且最重要的是——

沒有任何會來拯救你的人。

「妳這是在把自己的學生推到死地，妳知道嗎？」

「我相信寫下這志願的人，也早就做好這樣的覺悟了。」

「阻止孩子犯下錯誤，難道不是大人的職責嗎？」

「所以，我才來拜託你啊。」

黑色的豪華禮車出現在左歌家前面，穿著女僕服的無圓缺從駕駛座下車，向我行了一禮，看來是打算接我們去噴射機的停放處。

「若是傳說中的存在，想必能護衛好這次的實習對象吧。」

「也就是說，在這短短的一星期內，我必須更換守護對象，是嗎？」

「沒錯。」

也是為此，左獨才解除了我「ＬＳ任務」的職務吧。

因為她明白。

一直以來任務成功率能百分之百，是因為我僅守護一人。

「那麼，這次我的任務對象是誰呢？」

「白鳴鏡。」

「………………」

「提出委託的人，是白鳴鏡。」

左獨捧起圍巾，故作姿態地說道：

「他還真是拚命啊，為了能更靠近你一些，想必是做好了覺悟才提出了這次的申請。」

「真是個蠢蛋……」

連效仿的對象究竟該選誰都搞不清楚。

「這次別再賭輸了，『愛莉莎維爾』。」

就像是已經知曉了我過去發生的事，左獨露出不懷好意的笑容說道：

「不管你處在什麼環境都別忘了，這不過是為期一星期的校外教學，光是保護可是不夠的。」

「妳……是不是又在盤算什麼？」

「我很期待喔，白色死神。」

輕巧地閃避掉我的問題，左獨甩動身後馬尾說道：

「不管是裡世界還是表世界，對你來說都跟遊樂場一樣吧？所以——」

「在你的帶領下，殘酷的裡世界也會變成歡樂的日常的。」

幕間

白鳴鏡的過去・三

——「莎」。

位於世界北方的深山處，因四周都是險峻的高山，所以與外世某種程度是區隔開來的。

占地面積為十萬平方公里，總人口為二十萬，政體為君主專制。

當飛機迫降後，我們來到了世界北方的小國中。

這個國家盛產大理石，所以建築物大多是由大理石柱為基礎建造而成的古希臘建築。

不只如此，這裡的國民多數是金髮而且五官輪廓較深，再配上他們特有的民族服飾，真讓我有一種穿越時空，回到古希臘的感覺。

這本是一個美麗且悠閒的國家，要是平時來到這邊，我們應該會得到他們的幫助，然後順利得到應有的救援吧。

但是，很不湊巧的，當我們抵達時，國家正處於內亂狀態。

似乎是因為在王位繼承人上有了爭議。

國家分成了兩派，分別擁護不同的繼承人。

當然，我不是該國的國民，並不清楚詳情。

這些情報都是我們在被叛軍挾持後，一點一滴從身旁聽取到的。

「哥哥……」

坐在我身旁的芍凜透過飛機的窗戶，看著窗外大量的黑袍人士，不安地說道：

「我們之後究竟會變得如何呢？」

「……」

「肚子好餓啊……」

過於飢餓的芍凜按著肚子，一副十分難受的模樣。

什麼事都無法做的我，只能緊咬下嘴脣，輕輕地摟著她。

飛機降落後，那些叛軍就像是算準一般拿著武器包圍了我們，將我們關在飛機上，並收繳了所有的電子通訊設備，以防我們向外求救。

我的父親被推舉為受難者的代表，和叛軍進行談判。

叛軍的要求很簡單。

由父親向外界要求贖金，等拿到贖金後自然就會將我們放走。

但想必父親也和我一樣預料到了。

現在我們之所以沒事，是因為我們還有利用價值。

但若是老實將贖金交給他們，我們就再也沒有和他們談判的籌碼。

那時我們會變得如何，誰都不知道。

就算當場全滅也是很有可能的。

所以父親一邊和他們周旋，一邊提出改善受難者待遇的各種需求。

即使是如此，水、食物和一般日用品還是非常拮据。

飛機上的人逐漸陷入困境，某方面來說，就跟慢性死亡是一樣的。

「好冷……」

芍凜吐出的氣息在空中凝結在白霧。

「莎」這個國度位於寒帶地區，此時雖然是秋天沒有降雪，但依然十分寒冷。

為了讓芍凜好受些，我將她抱得更加緊了。

但這只是杯水車薪。

因為我的身體也因為飢餓而變得冰冷。

「…………」

父親和母親看著我們，露出十分擔憂的神情。

但是不管他們怎麼努力，我們都突破不了這個絕望的狀況。

而就在受困後第十天，異常無比的狀況發生了。

「啊，這個和這個放在這邊——」

一個穿著明顯比他人華麗的小女孩，突然上了飛機。

白色的長髮、藍色的眼眸，頭上戴著白珍珠製成的皇冠，衣服也鑲著無數的寶石。

而最引人注目的，則是她左手食指上，閃閃發光的碎鑽戒指。
「好漂亮的人……」
身旁的芍凜以羨慕的眼光說道：
「就像是希臘神話中的女神一樣……」
我也有一樣的感覺。
明明和我們差不多年紀，但整個人散發的氣質卻完全不同，有種不是這世間之人的空靈感。
事後回想起來，這或許是我第一次見到所謂的特別之人。
「毛毯多來幾件，熱湯也端上來。」
在她的指使下，穿著黑袍的叛軍不斷將物資搬到飛機上。
久旱逢甘霖的乘員們，因為這難得的補給而爆出了歡呼。
「容我向妳致上謝意。」
父親低下頭，誠懇地向那個女孩道謝。
「請問妳是誰，為何幫助我們？」
「啊，忘了自我介紹了。」
在她開口的那刻，原本在她身上那種空靈感瞬間消失。
「我叫愛莉莎維爾，是『莎』這個國家的公主。」
「真是失敬，竟然是公主。」

想要再度低頭的父親，被愛莉莎維爾伸手攔住。

「免禮免禮，你們又不是這個國家的國民。」

與她身上的氣質相反，愛莉莎維爾比想像中的還平易近人。

「而且，我現在的身分其實和你們一樣。」

就像是普通的活潑女孩子，愛莉莎維爾用手順了順耳際的頭髮，對著我們眨眼笑道：

「我沒辦法拯救你們——

「因為身為叛軍人質的我，隨時都會死喔。」

第四章 要是連觀光都不會，那當個隨扈可是活不下去的

剩餘報酬：90億

「容我再次向你道謝。」

在前往目的地的噴射機中，白鳴鏡向我低下頭。

「接著一星期，就麻煩白色死神大人好好指導我了。」

「……………」

在白鳴鏡的心中，海溫和奈唯亞是不同人。

因為必須以白色死神的身分指導他，所以我恢復回海溫的扮相。

上次的左弦事件也是，總覺得我越來越常以海溫的身分行動了。

不過往好處想，暫時不用以奈唯亞的身分面對白鳴鏡，這其實讓我鬆了一口氣。

那個強吻事件就當作沒發生過好了，就這麼決定了。

「你剛剛的稱呼也太拗口了。」

我輕嘆了一口氣說道：

「直接稱呼我為海溫就好。」

「可是……至少讓我稱呼你為師父……」

「不用。」

「那我就恭敬不如從命了。」

白鳴鏡對我立正站好說道：

「能跟我仰慕許久的白色死神一同闖蕩裡世界，我真是三生有幸！接著一星期就麻煩海溫先生多多指教了。」

我再度嘆了口氣。

真是個認真的人啊。

但就是這麼認真的人才不適合生活在裡世界。

之所以不讓他稱呼我為師父也是因為如此。

若是我能選擇，我一點都不想接下這任務。

首先，我一點都不適合指導他人，再者是師徒這個關係，很容易會產生過多的情感聯繫。

身為奈唯亞時，我已經在為白鳴鏡煩惱了，我不想身為海溫也為他煩憂。

「師父受跟弟子攻……」

身旁的左歌看著我和白鳴鏡連連點頭說道：

「這個很可以啊——痛！」

我給了她一個手刀，讓她那不堪的妄想中斷。

而且再怎麼說我都不可能是受吧。

「不過說到底，為何我要跟來啊……」

用手摀著被打的地方，眼角帶著淚的左歌抱怨道：

「這整件事跟我一點關係都沒有吧？」

「妳剛剛沒聽清楚左獨當家的話嗎？」

「嗯？」

「她是這麼說的——」

——**「在你的帶領下，殘酷的裡世界也會變成歡樂的日常的。」**

「如果真的要達成這個目標，那左歌妳就是不可或缺的存在。」

「真、真沒想到你把我看得這麼重。」

有些害羞的左歌雖然稍稍別過臉去，但依然一副了不起的模樣挺起胸膛說道：

「不過你的期待完全正確，只要有我在，不管怎麼樣的危機都是小菜一碟。」

「沒錯，就是這樣，妳說得很好。」

我以讚賞的表情拍了拍左歌的肩膀道：

「這趟旅程就是這麼需要搞笑角色。」

「…………………」

「左歌妳的存在就跟笑話沒兩樣，所以就麻煩妳不管面臨怎樣嚴苛的絕境，都要努力地散播歡樂。」

「我明白了。」

左歌一邊嘴角不斷抽搐說道：

「當看到海溫你慘死時，我一定會放聲大笑的。」

廣大的飛機中只有我、白鳴鏡和左歌三人，我穿著黑色西裝，其餘兩人則穿著方便行動的便服，而這也是參與本次「未來實習」的所有成員。

雖然我剛剛對左歌這麼說，但身為白色死神的我只能專心保護一人，所以本來是不想帶左歌來的。

但可能是考量到這點，左獨特地將無圓缺給叫來，現在就坐在駕駛座上開著噴射機。

因為她就是我。

所以保護兩人是沒問題的，我也能在必要時得到協助。

左獨每次都比我多想了幾步，真不愧是她。

「在抵達目的地前，我想先問兩位。」

我看著坐在我前方正在吃 pocky 的左歌，和拿起筆記本準備抄寫的白鳴鏡。

「什麼是『裡世界』呢？」

「我知道！」

左歌舉起一根 pocky，一臉認真地緩緩說道：

「那就是表世界的相反……對吧？」

「……」

「不是表世界的地方就是裡世界……對吧？」

「你這不就跟賽前訪談比賽選手時，他回答：『今天不是贏就是輸』一樣意思嗎？」

根本就是一臉正經地在說廢話。

「雖名為『裡世界』，乍聽之下和表世界是相反的存在，但其實兩者之間並沒有明確的界線。」

我舉起手指說道：

「表世界就是裡世界，反之亦然，這兩者是共存的。」

「？」

聽到我的解說後，左歌和白鳴鏡露出一頭霧水的神情。

「在你們的心中，這世界上有著所謂的規則和律法，但在這些條律間，也存在著不能在規則中生存的事物，例如殺手、黑道、隨扈、黑市、武器商人、大型犯罪組織……」

「也就是說……非法的世界？」

「沒錯，例如之前的劉沙或是代老，就能歸類為裡世界的人。」

比起現有的規則，更遵循自己的生活方式——也只能用這種方式生存。

「如果沒有表世界，裡世界也不會存在，所以才說兩者是聯繫在一塊的。」

「雖然有些似懂非懂，但好像有些明白是什麼了。」

「所謂的裡世界，一言以蔽之就是『跳脫常理的世界』。」

我特地加重語氣說道：

「所以說，死人是應該的。」

「…………………」

可能是我的恐嚇一瞬間奏效了吧，左歌和白鳴鏡都陷入了沉默。

「最後再問你一次，白鳴鏡。」

我雙手交握，以嚴肅的表情問道：

「你真的想踏足裡世界的領域？那可能會讓你再也無法回歸原本的生活喔。」

不論是精神還是肉體上都是。

「是的。」

白鳴鏡毫不猶豫地點頭說道：

「我已做好死的覺悟了。」

「…………………」

就是會說出這種話，才表示你不行啊。

說不定左歌都比你還適合裡世界。

「到了……」

就在我想進一步解說時，無圓缺有氣無力的聲音從前方傳來。

「我們來到『莎』了……」

彷彿穿越時空，離開雙之島的我們再度舊地重遊。

只是，這和我印象中的「莎」相距甚遠。

「那是什麼……？」

「莎」的正上方，有著我之前沒看過的巨大物體。

「果然，八年前我所看到的事物，並不是我的幻覺……」

就像是被吸引一般，白鳴鏡貼到飛機的窗戶說道：

「那是……不知做什麼用途的巨大飛船。」

飛船的船身上，印著一隻張開的手掌，掌心中用濃厚的黑墨寫著大大的「右」字。

而「莎」這個國度，就籠罩在這艘飛船的陰影之下。

左獨在我們登機前，將一封引薦信交給了我們。

只要拿著這封信，就能直達「莎」的王宮，和那裡的王見面。

似乎是「莎」之國的王透過關係接觸到左獨，進行了某項委託。

所以這次來到這個地方的目的有兩個。

一個是帶領白鳴鏡進行「裡世界」的見習，另一個則是解決讓莎之王困擾的麻煩。

能讓一國之主煩惱，想必是非同小可的問題。

我心中做好了準備，說不定「莎」又跟八年前一樣發生了內亂。

若是真的戰爭，那我能做的事也有限。

至少我必須保護好左歌和白鳴鏡。

但是，我的猜想完全落空了。

不只落空，而且還大錯特錯。

「天啊……」

出乎我意料的場景，讓我們一行三人目瞪口呆。

在我的印象中，「莎」應該是個隱世獨立，過著平靜簡樸生活的小國才對。

但是現在完全變了一個樣。

大理石建築上張燈結綵，纏滿了五顏六色的霓虹燈。

明明是大白天，街道上卻滿是喝醉和狂歡的人，其中甚至有穿著兔女郎和小禮服的年輕女子。

「我們正遇上什麼慶典嗎？」

我仔細察看四周，卻沒看到什麼提示性的字眼。

「這位小姐，不好意思。」

好奇的左歌隨意抓了一個路邊的兔女郎問道：

「今天是什麼特別的日子嗎？這麼熱鬧。」

「沒有沒有。」

兔女郎先是驚訝了一下，接著搖了搖手說道：

「現在這裡每天都是如此。」

「每天……？」

「是的，這裡每天都是歡樂的慶典，等到了晚上會更加熱鬧喔！所有人都可以盡情的飲酒作樂，想做什麼就做什麼！」

兔女郎思考了一下後，像是想到什麼似地拍了一下手掌。

「看你們的樣子，應該是外來的旅客吧，也難怪不知道在這個國家中所發生的事了。」

她從包包掏出了一把鈔票，塞到左歌手中。

「這個給妳！拿去開心一下吧。」

「咦、咦？」

事情發生得太過突然，讓左歌不禁傻愣在原地。

「等一下！這錢太多了，我不能收。」

「不會不會，這不過是我錢包中的一小部分而已。」

就像是要證明她所說的話，兔女郎毫不設防地打開錢包，大量的鈔票閃得我眼睛都快睜不開了。

「快收起來！」

左歌趕緊幫她闔上包包說道：

「要是被嗜錢如命的惡霸搶了怎麼辦！」

妳為什麼要用這麼緊張的神情看著我？

「不會有人公然搶錢啦。」

像是聽到什麼笑話一般，兔女郎笑著搖了搖手說道：

「這裡可是天堂啊！是不落的不夜城！就算不用工作也拿得到錢——」

「不管是不是真的都請妳先等一下！不要再說了！」

左歌再度緊張地打斷她的話。

「海溫，你還好嗎？」

她雙手捧著我的臉，一臉擔憂地從下方看著我問道：

「聽到這樣的話，還能保持生命徵象平穩嗎？」

「……………」

這傢伙根本就是把我當笨蛋吧。

「妳別瞧不起人了。」

我給左歌的額頭一個彈指。

「現在一切狀況都還是未知，我好歹分得清楚什麼事情該做，什麼事情不該做。」

我一把將左歌手中的錢拿起來放到懷中。

「為了怕妳陷入不必要的麻煩，這些錢就先由我替妳保管。」

「原來你所謂該做的事，就是從夥伴身上搶錢嗎？」
「我這是善意的行為，就跟媽媽把孩子的壓歲錢拿走，然後先幫他存到戶頭一樣。」
「那不就和拿去自己用等義嗎？」
「越是遇到不合理的情況，就越要保持冷靜。」
我一臉正經地說道：
「『裡世界』的人和行事方式遠遠超出你們的常識範疇，所以就算是遇到有人白白給你錢這種好……不，這種壞事，我也只能忍痛先幫妳出面處理。」
「你剛剛是不是把心聲說漏嘴了？」
「海溫先生的一番好意妳難道不懂嗎！」
白鳴鏡在旁幫腔道：
「他可是傳說中的存在啊！視金錢如糞土！只會憑著心中的信念而行動！是個和正義兩字畫上等號的高潔之士！」
「…………」
發生太多事，害我都忘了這傢伙是白色死神的狂熱信徒。
「不過你的認知大致沒錯就是。」
「……大致沒錯還是大致全錯？」
左歌露出一副不敢恭維的神情。
「我不懂妳在說什麼，要不然在妳心中我是怎樣的存在？」

「……我不想說。」

「為什麼！」

「等一下，太近了！太近了！」

左歌慌亂地用雙手把靠近她的我推離。

「你是海溫模樣的時候不要靠我那麼近！具體來說給我離十公尺以上！」

「這是什麼莫名其妙的要求……」

「呵呵……」

身旁的兔女郎掩嘴笑道：

「真是熱鬧的一群人啊，看來你們很適合這個國家喔。」

「要是真是如此就好了，不過有關剛剛妳所說的事情，不知能否請妳再說得更清楚一些？」

不過短短八年，這個國家就徹底改頭換面。

「究竟這國家發生了什麼事？」

「嗯……與其我費精神說明，不如你們自己看吧？」

「看什麼？」

「看上面啊。」

隨著兔女郎的手勢，我們一行三人抬頭看向上面。

「嗯……？那是？」

無數的黑點遍布空中，而且逐漸因為靠近而變大。

「這是『莎』一年前開始發生的現象，已經是專屬於這個國家的『特殊天氣』了。」

「『特殊天氣』？」

某種不可解的現象似乎即將發生。

為了迎接變故，我全身繃緊、全神戒備。

「咦？」

——腦中某種東西「啪」的一聲斷掉。

看清天空的事物後，我的眼前突然變得一切空白。

就跟左歌婚禮那時一樣。

腦袋完全停止運轉的我，只是任憑本能驅使身體。

我幾乎沒有接著的記憶。

人生中第二次，我無法在事後回想起那時的我做了什麼。

只記得我好像拚命地在抓取什麼事物，然後背後一直有人在拉著喪失理智的我。

「錢！」

天空降下來的是錢！

「啊哈、啊哈、啊哈哈哈哈哈哈哈哈哈——————！」

在錢的大雨中拚命跳躍，我發出了瘋狂的大笑！

「錢之雨啊啊啊啊啊啊啊啊啊啊啊啊啊啊啊啊啊啊啊啊啊啊啊啊啊啊啊啊啊啊啊啊啊

啊啊啊啊啊啊啊啊啊啊啊啊啊啊啊啊啊——————！」

「請讓我移民到這個國家！」

對著眼前的「莎」之王，我跪了下去，頭完全貼到地上。

「要是你願意，現在叫我舔你鞋子還是全裸跳舞我都可以！」

「…………………………」

我的表現似乎嚇到了「莎」之王，只見戴著皇冠、握著權仗的她露出有些虛無的神情，居高臨下地看著我。

和我原本預想的有些落差。

記得八年前的王是一位相貌堂堂的老人，但如今「莎」之王是個年約三十多歲的白髮女子，雖然容貌十分美麗，眉毛卻緊皺在一塊，看起來似乎有很多煩心事。

「那個……海溫。」

我身旁的左歌以溫柔過頭的語氣向我說道：

「剛剛我記得有人說過……越是遇到不合理的情況，就越要保持冷靜。」

「妳在說什麼？這狀況到底哪裡不合理了？」

我以疑惑萬分的語氣說道：

「錢這種東西，本來就是會從天上掉下來的啊。」

「……」

「既然會下雨、下雪、下冰雹，那哪一天下起錢來也是理所當然的吧？」

「………這傢伙已經沒救了。」

左歌轉頭向白鳴鏡說道：

「白鳴鏡，雖然遺憾，但接下來的『未來實習』，就由我和你兩個人來執行吧。」

「…………」

從剛剛開始，白鳴鏡就看著我一言不發，臉色十分蒼白。

「海溫先生這樣的行動一定是別有深意……」

他不知為何走到了牆角，抱著膝蓋喃喃自語道：

「對，我要相信他，就算表面上看起來再怎麼見錢眼開，那之中一定具備什麼我無法看穿的用意，對……要是我不相信他，還有誰能相信他呢……」

「嗯，這傢伙也不行了。」

左歌無奈地嘆氣說道：

「才剛抵達目的地十分鐘就變成這副慘狀，看來這裡只能靠我了。」

左歌輕咳兩聲後，拉起裙襬，以漂亮的姿勢向「莎」之王行了一禮。

「『莎』之王您好，很開心能見到您，我是左獨大人派來的使者，名為左歌。」

「喔喔……妳好。」

可能是終於看到正常人感到放心吧，「莎」之王拍了拍豐滿的胸膛說道：

「朕是這個國家目前的統治者，不過請不要客氣，直接稱呼朕為莎麗吧。」

雖然自稱詞如此，打扮也非常華麗，但一開口就會發現這個人並不會刻意擺高姿態。

「莎麗王，這是左獨大人託我們帶來的介紹信。」

雖然本質無可救藥，但做了十年專屬女僕的左歌，以毫無破綻的動作遞上了信件。

「讓我看看……」

莎麗王拆開粉紅色，看起來充滿少女心的信紙。

「第二次結婚典禮初步規劃——嗯？」

「咦？」

出乎意料的內容，讓莎麗王和左歌同時愣住。

「因為上次沒去教堂，所以這次想去教堂完婚。」

對信件內容一頭霧水的莎麗王，反射性地繼續唸道：

「不管是禮服還是宴客希望簡單就好，畢竟對方很在意錢，但希望婚禮前可以邀請媽媽上臺說話，蜜月的話也可以在家附近走走就好，或許一起去挑選家具，還有，還有……晚上要穿的衣服也不錯——」

「啊啊啊啊啊啊啊啊啊啊啊啊啊啊啊啊——！」

左歌衝上王座去，一把將莎麗王手上的信給搶了過來！

「去死吧啊啊啊啊啊啊啊——！」

她以驚人的氣勢將那封信給撕成了碎片！扔到地上後補了幾腳！

「剛剛那個究竟是……？」

被左歌嚇到的莎麗王，以有些顫抖的語氣問著臉紅到不行的左歌。

「我一不小心拿錯信了！請不要在意！」

「可是……」

「再問我就殺了妳！」

「咿——！」

被左歌氣勢驚人地一瞪後，嚇得花容失色的莎麗王差點把手上的權杖給丟掉。

「左歌妳……已經淪落至此了嗎？」

我以同情的眼神看著左歌說道：

「妳竟然已經渴望結婚到這種地步了嗎？自己妄想之後婚禮的流程然後還寫下來……」

「吵死了吵死了————！」

羞慚到極點的左歌跪倒在地，雙手抱頭哭喊道：

「人本來就有作夢的權利！我沒有錯！錯的是那些以為結婚很容易的女人！」

她說的話怎麼跟急於嫁人的敗犬一樣？

「不過呢……」

我環視了周遭一圈。

一個臉色陰沉地縮在牆角自言自語，另一個跪在地上不斷顫抖。

「才不過十幾分鐘就團滅了。」

裡世界真是太恐怖了。

「總之基於大人的禮儀，就讓我們既往不究吧。」

我朝莎麗王伸出手去。

「我是白色死神海溫，旁邊的是我的助手，左歌和白鳴鏡，我們都是由左獨當家派遣而來，請多多指教。」

「嗯、啊、喔……」

莎麗王先是眼神游移了一下後，點頭說道：

「嗯，你好，請多指教。」

裝作剛剛什麼都沒發生的樣子真是幫大忙了，不愧是一國之王，真懂得審時度勢。

「不過……這就是全部的人了嗎？」

「是啊。」

嚴格來說還有一個在飛機上睡覺的無圓缺，但就先別把她算進去吧。

「這樣啊……」

莎麗王露出失望的神情。

「花了十二億後，竟然只來了三個人嗎……」
「十二億？」
「是啊，這次的委託報酬是十二億，朕已經先行交給左獨了。」
「…………」
這個老狐狸。
美其名是「未來實習」的委託。
但這次給我的酬勞根本就是莎麗王給的嘛，還自己收了兩億的回扣。
「這點請您不用擔心。」
我身旁的白鳴鏡站出來說道：
「您眼前的可是傳說中的存在，隻身一人就能消滅千軍萬馬！」
聽完白鳴鏡的說明後，莎麗王露出鬆了一口氣的神色。
「是啊！請您放心！」
我身旁的左歌幫腔道：
「您眼前的可是傳說中的混蛋，隻身一人的渣度就能媲美千軍萬馬！」
「左歌妳閉嘴。」
不要害得莎麗王又變得神色複雜起來。
「白色死神之名，朕也是仰慕許久，相信左獨派你來必然有他的道理。」
莎麗王緊鎖眉頭說道：

「朕並不是對你們的能力有所懷疑……但是不過這點人，朕不覺得你們能挽救這個國家。」

「這個國家發生什麼事了嗎？」

「你們來的路上不是看到了嗎？」

莎麗王苦笑道：

「盤旋這個國家上方的事物。」

我的腦中浮現了在天空的巨大飛船，上頭寫著大大的「右」字。

「自從一年前起，它就停在『莎』的上方。」

「這樣真的很困擾呢。」

左歌點點頭說道：

「晒衣服都不會乾了。」

「所以我說左歌拜託妳閉嘴。」

妳一說話事情就會偏離重點，毫無進展。

「雖然莎麗王說的那艘飛船好像是敵人，但這樣很奇怪吧。」

聰明的白鳴鏡提出質疑。

「感覺國民對那艘飛船視若無睹，而且對其完全不排斥。」

「你說得沒錯。真要說的話，那艘飛船除了稍微遮蔽了一些陽光之外，完全沒帶給國民任何困擾。不只如此，還有大量的好處隨之附贈而來。」

「原來如此……」

馬上反應過來的我，點了點頭說道：

「那就是名為『錢之雨』的現象，對吧？」

「自從一年前開始，飛船就會定期將錢灑下來。多虧如此，本來對飛船有疑慮或是反對的人民也就此消失。」

「嗯……」

「當人民習慣了飛船的存在後，飛船給予了人民更大的好處。」

莎麗王拿起權杖指著前方說道：

「你們進來這皇宮也有一段時間了，不知道有沒有發現什麼不對勁的地方？」

我開始打量四周。

偌大且氣派的大理石皇宮中，守衛只有寥寥幾位，而且每一位都打著呵欠，看起來心不在焉。

相比外面的熱鬧和歡騰，這裡顯得十分寂寥。

「不知不覺間，朕的子民都投向飛船的懷抱了。」

莎麗王抱著權杖，輕嘆了一口氣說道：

「現在坐在你們面前的，不過是空有虛名的王而已。」

「那艘飛船……究竟是什麼呢？」

「它是『賭場』。」

「…………」

「由『右』所操控，一個巨大無比的空中賭場。」

「原來如此，所以它才具有隨時隨地降下錢雨的雄厚財力。」

看來這次的陰謀和「右」也有關係。

我對「右」的認識並不足夠，只知道它是個可以媲美「左」的大組織，處處和「左」為敵。

跟「無」那時一樣，看來左獨想利用我削弱敵人。

「但就算是如此，飛船也不用將錢灑到『莎』裡頭吧？」

白鳴鏡繼續提出疑問。

「這麼做對它的好處是什麼？」

「這好處才多了呢。」

莎麗王苦笑道：

「要不然朕問你，你認為怎樣才算是一國之王？」

「嗯……」

白鳴鏡沉思了一會兒後，回答道：

「應該是……與眾不同的特別之人？」

很像是他會答的答案。

「不對，都不是喔。」

察覺莎麗王真正用意的我接話道：

「真正的一國之王，是『最多人追隨的存在』。」

就跟左獨一樣。

「並不是因為特別所以大家追隨王，而是因為所有人都追隨他，它才有了成為王的資格。」

「白色死神說得對，所以飛船不斷灑錢，其實就是在收買人民。」

莎麗王不甘心地咬著下嘴唇說道：

「好不容易在八年前成了王，朕卻無法阻止這事……」

她們是母女。

所以莎麗王的表情總是會讓我想起八年前的愛莉莎維爾。

只是不同的是，比起總是緊皺眉頭嘆息的莎麗王——愛莉莎維爾總是笑著。

即使在被我殺掉的那瞬間，她都露出了計謀得逞的狡黠笑容。

「等到大家都習慣拿取天上的金錢後，國家徹底地崩壞了。」

不用她說明我也能明白接著的情景。

若是能不勞而獲，誰還想要工作呢。

大家習慣性地拿取天降金錢，卻不知道那是包裹著毒藥的糖。

「這真是……『齊降魯梁』呢。」

「奇醬滷糧？」

對奇怪字眼有反應的左歌「咕嘟」一聲吞了一口口水說道：

「那是什麼？聽起來很好吃。」

「……那是一則很有名的歷史故事。」

我翻了翻白眼後說道：

「詳情我就不說了，但簡言之就是，A國想要把其他國滅掉，於是故意抬高『綿綈』的價值，讓敵國誤以為此物好賺，於是舉國種植『綿綈』，甚至把原本生產糧食的地都拿去這麼做，最終A國把持了『綿綈』的進出口，讓敵國無糧無錢，連打仗都沒打就直接投降。」

「嗯、啊、嗯……」

左歌的眼睛變成螺旋狀，看來這對她來說是太複雜了。

「再說得簡單一點，這狀況跟『吸毒』是一樣的。」

當你對毒產生依賴後，掌控毒的人就是你的主人。

「現在的『莎』已經徹底落入了這個甜美的陷阱中。」

莎麗王再度嘆了口氣說道：

「等到時機成熟，『右』便吸收了『莎』的人民，用更好的獎勵誘惑他們到空中賭場工作。現在國內九成的工作人口，都和賭場工作有關。」

若以生病來比喻，那這就是末期。

「你們在國內看到的熱鬧景象，是因為『右』開始招待國外的旅客，到這個無法之地進行賭博。」

一切的投資，都是為了空中賭場的成功。

只要這個賭場成了穩定的財源，那「右」就會有源源不絕的資金可以運用。

「現在的『莎』並不是『莎』，而是賭博之國，吸著人民的血和正常價值觀，空中賭場牢牢地附生在『莎』身上。」

莎麗王站起身來說道：

「所以朕才委託左獨，希望她能幫助朕抵抗。」

「也就是說……妳的委託內容是——？」

「鏟除空中賭場，讓這個國家恢復往昔的模樣。」

「…………………………」

「一切拜託你們三人了。」

具體來說是一個隨扈一個笨蛋和一個男子高中生。

妳在說笑吧？這怎麼可能辦得到？

「當然，身為當事人的我們，也不可能什麼都不做。」

莎麗王拍了拍手。

「如果有任何需求，請跟朕的女兒說，身為本國公主和第一繼承人的她，會提供你們所有必要的幫助。」

一陣輕快的腳步聲從王座後方響起。

但等到穿著「莎」特有民族服飾的公主現身後，所有人都愣住了。

「咦？」

只見芍凜以目瞪口呆的表情看著我們說道：

「哥哥你們怎麼會在這邊？」

過了十分鐘，我們一行四人在芍凜的帶領下，來到了莎麗王為我們準備的ＶＩＰ客房中。

雖然家具高級，房間也大到擺得下好幾輛敞篷車；但就像莎麗王說的，因為國民都被吸收走的關係，裡頭明顯疏於打掃，角落處積了不少灰塵。

「容我跟各位再一次介紹。」

白鳴鏡伸手比向身旁，親密地挽著他手臂的芍凜說道：

「她叫芍凜，是從小和我一同長大的青梅竹馬和沒有血緣關係的妹妹同時也是我的未婚妻。」

「這傢伙是腦袋壞掉了吧。」

左歌馬上吐槽道：

「這麼複雜的屬性連最近的輕小說都不敢寫了。」

不，妳之前唸給我聽的異世界輕小說比這個要素還多吧。

「兩位好，我是哥哥的『未婚妻』。」

芍凜特地在關鍵的三個字下了重音。

「但其實我還有另一個連哥哥都不知道的身分，那就是『莎』之國的公主，也是這個國家目前的第一繼承人。」

「第一繼承人……我記得原本不是愛莉莎維爾嗎？」

「是的。」

芍凜用手順了順耳際的頭髮，露出酷似愛莉莎維爾的狡黠笑容說道：

「她死後轉生到了我身上，所以在和莎麗王談過後，我繼承了她原本的地位和身分。」

「等等等等一下──」

感到混亂的左歌伸出手打斷她的話。

「也就是說妳是白鳴鏡的未婚妻、青梅竹馬、沒有血緣關係的妹妹同時也是『莎』之國的公主死掉後轉生的模樣，然後妳現在的身分是這個國家的第一王儲？」

「就是這樣沒錯。」

「所以我說你們兩個都瘋了吧。」

左歌的評價真是再中肯不過了。

「左歌妳冷靜點。」

我將她拉到一旁，對她悄聲說道：

「雖然聽起來確實有點誇張，但仔細想想，這也不是不可能的事。」

「不是，凡事都該要有個限度——」

「我不也是傳說中的白色死神、一成神醫、班花奈唯亞、左歌的表妹、左櫻的契約者、無圓缺的穩定劑、白鳴鏡戀慕的對象以及妳的前夫海溫嗎？」

「仔細想想你根本就比她還誇張！還有最後那一個！婚禮只到一半根本不能算數好嗎！不要得寸進尺了！」

臉紅的左歌激烈抗議。

「不過妳是王儲這事我還是第一次知道。」

白鳴鏡疑惑地問道：

「凜凜，這是怎麼回事？」

「嗯……我也說不太明白。」

芍凜指著自己的腦袋說道：

「哥哥還記得八年前遇到的愛莉莎維爾吧？某天她的記憶和人格突然流入我的腦中，就像是她死掉後，轉生輪迴到了我身上。」

「……？」

「我知道我說得很不清不楚。」

芍凜聳了聳肩，露出笑容說道：

「不過事實就是如此，所以我的說明空間也只有這樣。」

聽到這樣模糊的宣言，大家一時之間全都沉默下來。

雖然我多少有一點頭緒，但還是不敢置信。

轉生這種事難道真的存在？

「也就是說……」

白鳴鏡抓了抓頭髮後問道：

「凜凜有雙重人格？」

「不是這樣的。」

她搖了搖頭，側邊的白色馬尾隨著她的動作而晃動。

「雙重人格的兩個人格之間會有明顯界線，我的狀況卻不是如此，比較像是一個身體裡頭寄宿著兩個靈魂，然後兩者合二為一。」

她平攤手掌，露出她左手食指上閃閃發光的碎鑽戒指。

「我是芍凜——但同時也是愛莉莎維爾，雖然確實有兩人份的記憶和人格，但我們之間沒有明確的隔閡。」

也就是說，兩者混雜、統合在了一塊。

所以之前我才會從她身上感受到兩個人的氣息嗎？

「總覺得很難相信啊。」

白鳴鏡皺眉說道：

「站在我面前的，明明就是一直以來認識的凜凜啊。」

「愛莉莎維爾的部分，日常相處時是不太會展現出來的。」

芍凜親膩地摟著白鳴鏡說道：

「所以，我的本質一直都是那個最愛哥哥的芍凜。」

「真是的……都多大了還這麼黏人。」

「向哥哥和未婚夫撒嬌是應該的。」

「…………………………」

看著將芍凜抱在懷中的白鳴鏡，我跟左歌雙眼一片虛無。

總覺得很火大。

總覺得拳頭會不自覺地緊握起來。

「雖然還有很多事沒有釐清，但現在芍凜的事先暫且擱下吧。」

「沒錯。」

白鳴鏡將芍凜推開身邊，正色說道：

「我們必須拯救『莎』的人民於水火之中。」

「…………」

我本來想說什麼，但最後還是忍住了。

「總之，詳情剛剛已經聽莎麗王說過了，在處理天空賭場前，我想先問一件事——」

我轉頭看向左歌問道：

「所謂的『右』究竟是什麼？」

「我倒是挺意外你竟然不知道的。」

左歌一臉傻眼的表情。

「那明明是曾操控『無』追殺你的敵人。」

「那可是我的日常喔。」

「…………」

「不是我在自誇，這世界想殺我的組織沒有一萬至少也有幾千，哪有空去一一瞭解啊。」

——這確實沒有什麼好自誇的。

我本來以為左歌會像這樣如往常一般吐槽我。

「……」

但不知為何，聽到我這麼說的左歌突然沉默下來。

「怎麼了？」

「沒事，只是再一次意識到你是走過多麼艱辛的人生才到今天的。」

左歌踮起腳尖，伸出手來拍了拍我的頭。

「辛苦你了，真的……」

為何要一臉擔憂地看著我？

為何要這麼認真地跟我說這句話？

為何……妳一副要哭出來的模樣？

「盯——」

感受到身旁視線的我，趕緊將面前的左歌推開。

「奇怪……」

眼睛不知為何一點光芒都沒有的白鳴鏡，握緊拳頭說道：

「總覺得很火大，為什麼呢……」

真是太危險了。

原來不只敵人想殺我，就連夥伴也有可能對我下手嗎？

「咳咳……回歸正題。」

意識到自己剛剛不自覺做了什麼，耳朵發紅的左歌輕咳兩聲後正色說道：

「『右』可以說是伴隨著『左』出現的組織，左獨大人的行事風格過於強烈，樹立了不少敵人，最終吃過她苦頭的人和組織聚集起來，成了『右』。」

「也就是說，是『左』的反抗團體？」

「沒錯，『左』基本上由左獨大人一手主導，但『右』是共議制，大大小小的組織頭領會定期開會，決定下一步方針。」

「沒有明確的首領嗎？」

「名義上的代表還是有的，不過有關他的訊息十分稀缺。」

「唔嗯……」

這種共議制有好有壞。

壞處當然是決議事情時的效率會變慢，好處則是不會輕言瓦解，畢竟首領可以隨時更換。

「不過……能和『左』對抗的財力和人力，想必應該是個很巨大的團體，難以想像靠著這種溫吞的方式能運作下去。」

「因為他們都對『左』抱持著強烈的恨。」

「………………」

「不管做什麼都好，只要能打擊到『左』，大家就會全力支持。」

靠著復仇為原動力的組織。

真是麻煩。

這種類型的組織最為纏人了。

「左獨當家到底是得罪了多少人啊……竟可以孕育出這種怪物。」

「有光的地方就會誕生黑暗，這也是沒辦法的。」

「不，真要說的話，左獨當家那邊才是暗吧？」

不過解決「右」也不是我的工作。

就留給左獨傷腦筋吧。

「現在必須專注於我們的委託。」

我抬頭看向天花板說道：

「總之就先去看一下空中賭場吧。」

「……………………」

我那過於輕鬆的語氣，讓在場的所有人陷入了沉默。

「海溫先生。」

過了不知多久後，白鳴鏡舉起手問道：

「雖然我知道你幾近無所不能，但具體來說，你打算怎麼做呢？靠我們四人——」

怕失禮的白鳴鏡說到一半後停下了。

「靠我們四人就能拯救這個國家嗎？你想說的是這個吧？」

「嗯……」

「當然不行啊。」

「……………」

「聽好囉，我只是隨扈，而我接到的委託是在『未來實習』這段期間好好保護你，讓你見識一下裡世界，其他的事跟我並不相干。」

「那麼……這個國家的人怎麼辦？左獨當家都答應莎麗王了。」

「是左獨當家答應了她，又不是我。」

「…………」

「我若幫助莎麗王，我會拿到什麼好處嗎？」

「若是沒好處，你就不會行動嗎？」

「這不是理所當然的嗎？」

「……………………」

「聽好囉，白鳴鏡，若是不想喪命的話，就記好我接著說的話。」

我走到他面前，以冰冷的語氣說道：

「在裡世界闖蕩的第一條守則——

「那就是『凡事只考慮自己』。」

「……………」

可能是越來越感受到他腦中理想的我和實際上的我有巨大落差，白鳴鏡陷入了深深的沉默中。

過了不知多久後，他才張開口，以艱困的語氣一字一句說道：

「可是……這樣實在太過自私了。」

「說什麼呢，最自私的不就是你嗎？」

「——！」

「明明有著美好的日常，卻想主動投向裡世界……」

我以彷彿責備的語氣說道：

「在我看來，你才是最考慮『自己』的人。」

Girl?+
Senior High School
Student+
Skirt
=Gun!?
4
天啊！
這女?高中生×
裙子底下有槍♂啊！
100
W
尖端出版
www.spp.com.tw

幕間 白鳴鏡的過去・四

「賭博真是不可思議啊，你不這麼覺得嗎？」

走在我——白鳴鏡身邊的愛莉莎維爾突然開啟了這樣的話題。

「明明知道沉淪賭博會陷入萬劫不復的境地，但人們還是無法抗拒這件事。」

愛莉莎維爾總是面帶微笑。

不管什麼時候，她的臉上都會掛著和她的身分相稱的優美微笑。

——「因為身為叛軍人質的我，隨時都會死喔。」

雖然她這麼說，但她的行動明顯比我們自由。

她可以到處走動，也能使喚部分的黑袍人。

撇開除了不管到那兒都會有黑袍人拿著武器跟著她這點外，她看起來根本就不像是人質。

而也是因為她的到來，使得事情有了轉機。

飛機上的生活因為她定時帶來的物資變得有餘裕了。

大人雖仍不能離開飛機，但我們這樣的小孩在他們的監控下可以下去走走。

因為年齡相仿的關係，所以愛莉莎維爾常來找我和芍凜玩。

雖然父親沒有明說，但從他的眼神中我能明白，他將希望寄託在愛莉莎維爾這個異質的存在上。

雖不知道具體能做什麼，但我會藉著外出的機會，努力獲取更多可用的情報。

今天我們一行三人，在晚上時來到了「莎」的某座橋上。

「莎維爾姊姊。」

因為愛莉莎維爾唸起來太長，所以在經過她的允許後，我和芍凜用這樣的簡稱稱呼她。

「這個國家究竟發生了什麼事？」

「如妳所見的，正在內亂。」

愛莉莎維爾指著遠方因為戰亂而變得殘破的建築物說道：

「某方面也要感謝你們突然迫降到這個地方，因為你們的到來，雙方暫時休戰了。」

「咦？為什麼？」

「因為大家都疲憊了吧。」

愛莉莎維爾露出苦笑說道：

「又不是有什麼深仇大恨，本來也是同一國的人，就算不熟識，平常在路上也可能碰到，你們的到來，讓大家有了一個暫時休戰的契機。」

「那麼，內亂的原因究竟是什麼呢？」

「很常見的，為了王位繼承權。」

愛莉莎維爾摸著手上的戒指說道：

「爺爺突然過世後，能繼承王位的人剩下媽媽和叔叔，紛爭也因此而起。」

「爺爺沒有留下遺囑嗎？」

「不，他的死很突然，而更古怪的事情是，他的屍體上有著被大型野獸咬過的缺口。」

「……這也太神祕了吧。」

「就算沒有遺言，繼承順位仍是媽媽優先，覬覦王位許久的叔叔心有不甘，於是發起了反亂。」

愛莉莎維爾指著遠方的黑袍軍說道：

「本來他們的人數並不多，反叛應該很容易就能鎮壓下來。但不知為何，他們得到了許多精良的武器和金錢援助，於是內亂越演越烈，當死傷的人數超過某個臨界點後，仇恨的連鎖就再也停不下來了。」

看來是有人躲在反叛軍背後搞鬼，偷偷給予他們援助。

「所以，莎維爾就被叛軍抓住，成了人質？」

「正確來說應該是相反，我是故意讓他們抓住的。」

「……故意的？」

「是啊，這是一場豪賭，好在最後成功了。」

愛莉莎維爾用手順了順耳際的頭髮，露出她特有的狡黠笑容說道：

「媽媽因為顧忌我不敢行動，叔叔這邊若是想藉機攻過去，我就會以死威脅他。」

「……妳不怕妳的叔叔會惱羞成怒把妳給殺了嗎？」

「嗚鏡，所謂的一國之王，是『最多人追隨的存在』。」

愛莉莎維爾眨了眨晶亮的眼睛說道：

「並不是因為特別，所以大家追隨王，而是因為所有人都追隨他，它才有了成為王的資格。」

「嗯……」

「叔叔起兵反叛，本來就師出無名，靠著背後不知名勢力的援助，他才勉強和媽媽抗衡。但如今，他若是把正統繼承人的女兒給殺了，你認為結果會如何呢？」

「……就算他最後真的拿下『莎』，也不會有人認他為王吧？」

「是啊，所以我才能以自殺箝制他的行動，也獲得了一定程度的權利。」

我看著身旁的愛莉莎維爾，一時之間說不出話來。

明明跟我一樣都是八歲……

但是已經活在非日常中，還設法去解決。

這才是——真正的特別之人。

「不過，這種危險平衡也是有極限的。」

愛莉莎維爾轉頭看向我們身後的飛機說道：

「叔叔挾持你們要求大量贖金，我猜測他應該是想拿那筆錢去和他背後的勢力交涉。」

「也就是說……他在想方設法拿到新的牌？」

「沒錯，一旦確定有某種方法能奪下國家，打贏這場仗，我想他就會毫不猶豫地動手吧——而那也是我喪命的時刻。」

狀況依舊很嚴苛啊。

坦白說這和我們這些受難者一樣，都是慢性死亡。

接著，我們三人便默默地看著夜景，一句話都沒說。

可能是睡覺時間到了，芍凜不知何時打著呵欠，靠在我身上打盹。

「那麼，莎維爾。」

看著橋下平靜到有些可怕的水面，我悄聲問道：

「妳為什麼要幫我們呢？」

不但帶了物資到飛機上，還待我和芍凜這麼好。

「要是我說我想和你們交朋友，你們會信嗎？」

「若是能和妳成為朋友，那真是我求之不得的事。」

「是啊……」

愛莉莎維爾輕笑道：

「我就猜到你會這麼說。」

「……？」

不知為何，總覺得她的語氣中帶著一絲悲傷。

「不過，我這種人還是不要有朋友比較好。」

「為什麼這麼說？」

「因為我沉迷賭博。」

「嗯？」

「為了取勝，我願意把手中的籌碼全數交出去。」

摸著手上的戒指，愛莉莎維爾輕聲道：

「只要做好準備和覺悟，所謂的賭博可說是必勝的。」

我不知道愛莉莎維爾在說什麼。

但她聰敏的腦袋，想必是看到了什麼可以突破現狀的契機。

只是——

不知是不是水面的倒影因為晃動而失準。

我似乎看到了總是笑著的愛莉莎維爾，露出了有些歉疚的神情。

第五章

要是連賭博都不會，那當個隨扈可是活不下去的

剩餘報酬：90億

「錢……」

登上飛船的我就像夢遊一般，搖搖晃地走向賭場的錢。

「有好多錢……」

「振作點！海溫！」

左歌用雙手拍著我的臉頰說道：

「就算再怎麼勉強也要想辦法維持理智！還記得我的名字嗎？」

「妳是不管如何使喚都會接受的……一個很方便的女人。」

「原來你都是這麼看我的！」

左歌抓住我的衣領拚命搖晃，多虧如此，我才終於恢復理智。

空中賭場會以每小時一個班次的頻率，從上頭派下大量的小型飛機降落在「莎」的機場中，提供遊客來回空中賭場。

但其實多數人都在空中賭場流連忘返，畢竟這艘飛船實在太大了。

不但有餐廳、酒吧和住宿飯店，連各式各樣的娛樂場所都一應俱全，基本上和一座小城市沒兩樣了。

大量的「莎」之民和國外的旅客開心地在賭場玩樂，熱鬧至極。

「喔喔，好多兔女郎喔……」

芍凜指著為賭場服務的女服務員說道：

「哥哥覺得這種服裝怎麼樣呢？若是喜歡的話改天我穿給你看？」

「該怎麼說呢……有點太不知羞恥了。」

「可是你房間中現在堆滿巨乳寫真集耶……」

「那個是健康的學術研究。」

每個男人在被發現色情書刊時的說法似乎都差不多。

我們一行四人上了空中賭場。

因為賭場規定的關係，所以我和白鳴鏡穿著西裝，左歌和芍凜則穿著小禮服。在進來前也做了全身檢查，確保我們沒有帶具有殺傷力的武器。

「話說，那個到底是什麼？」

白鳴鏡指著芍凜的手。

「這個嗎？」

相較於除了錢什麼都沒帶的我們，芍凜手中拿著一個用布包裹起來的大箱子。

「真要說的話……大概是給掌控空中賭場之人的禮物吧？」

「凜凜認識賭場的人？」

「畢竟我是這個國家的第一繼承人嘛，所以他們已經先來拜會過我了。」

芍凜說得沒錯。

踏入賭場後，胸前別著「右」的西裝男子頻頻對她行禮，而賭場中的賭客也親切地向她打招呼。

「凜凜在這國家，該怎麼說呢……感覺很有人望啊。」

白鳴鏡的表情十分微妙。

這大概是因為妹妹有著自己完全不知道的一面，感到心情有些複雜吧。

「這都多虧了媽媽。」

芍凜勾著白鳴鏡的手臂笑道：

「在大約兩年前，她正式向國民宣布，我是愛莉莎維爾公主的轉世，擁有合法的繼承權。」

「……國民就這樣接受了？」

「怎麼可能。」

她摸了摸著自己的頭髮說道：

「一開始時簡直是地獄，畢竟重視血統繼承的『莎』之國，怎會容許一個外人前來亂搞。我和愛莉莎維爾的長相完全不同，頭髮顏色也相反，這更加深了大家『兩人不同』的印象。」

愛莉莎維爾是彷彿白色的銀髮，芍凜則是金髮。

「那麼，後來是怎麼讓大家接受的呢？」

「我只是盡量出現在大家面前。」

芍凜摸著手上的皇冠戒指說道：

「畢竟我的身體中有著愛莉莎維爾的記憶和人格，所以透過我的表現和行動，大家自然而然會明白媽媽的決定並不是個錯誤。」

「……真有這麼簡單嗎？」

「當然不是，雖然有了些許支持的聲音，但反對的人依然眾多。真正讓大家認同我是『莎』之國公主的契機，應該是空中賭場的到來。」

芍凜指著眼前那五光十色的情景。

「『右』不斷地從空中灑錢，讓整個國家陷入了混亂，不管是制度還是價值觀都陷入了崩壞。媽媽的身分貴為一國之主，當然不可能認同這種行為，但國家逐漸被『右』侵蝕也是事實。」

「我懂了。」

馬上意會過來的我說道：

「總要有人和『右』斡旋，這時，身為公主的妳就跳了出來，對吧？」

「沒錯。」

芍凜嘆了口氣說道：

「現在『莎』之國的人民多數認同現狀，畢竟不用付出多少勞力就能過得很快樂。身為主戰派的媽媽被大家討厭，而表面上看似主和派的我則得到了大家的認同。」

「…………」

「靠著『右』造就的現狀，我才終於得到了『莎』之國的認同，說來也真是諷刺。」

「……凜凜覺得這樣真的好嗎？」

「我心中想什麼並不重要，畢竟不管怎麼想都無法改變現狀。」

「……」

「哥哥別愁眉苦臉了。」

芍凜開心地拍了一下白鳴鏡的背。

「不就是為了改變絕望的現狀，所以才把大家請了過來嗎？」

「也是。」

白鳴鏡看著我連連點頭說道：

「海溫先生八年前曾拯救過大家，如今一定也可以。」

時空背景完全不同啊。

而且——

轉生之謎依舊未解。

這種事真的有可能嗎？甚至重新讓莎麗王和國民認定為王儲？

我看向芍凜，察覺到目光的她向我眨了眨眼。

看著她那酷似愛莉莎維爾的笑容，過去的情景不禁浮現在腦中。

「白色死神，請你和我猜拳吧。」

「猜拳？」

「是的，要是你輸了，就答應我的請求。」

「妳要知道，我這輩子在猜拳上可沒輸過喔。」

「那麼，要不要試試看呢？」

「…………」

「未嘗敗績且無敵的你——」

愛莉莎維爾露出自信的笑容問我道：

「要不要嘗試看看徹底輸給一個人的滋味呢。」

「真要說的話……」

我以誰都聽不到的聲音喃喃自語道：

「我根本就誰都沒有拯救。」

我只不過是殺了愛莉莎維爾而已。

真正拯救一切的，是已經逝去的她。

「哥哥～你看那邊～」

芍凜開朗的聲音，將我從回憶中拉了出來。

白鳴鏡和芍凜親密地貼在一起逛著賭場。

他們的模樣，實在看不出一個是普通高中生，一個是這個國家的公主。

至於我身旁的左歌，則是不知為何伸手向前，輕聲說道：

「『巴魯斯』。」

「……妳在做什麼？」

「我在試著解決這艘空中飛船，但沒有成功。」

先不提這個咒語是不是真的會生效，若是真的成功了，我們也要跟著全滅了吧？

「還是要兩個人牽手一起唸才有可能成功？」

她轉頭以期待的眼光看著我，但我是不會陪妳這麼做的。

妳就這麼想重現名場景？

「話說妳原本不都是面無表情的嗎？怎麼最近感覺妳這個設定已經完全消失了？」

「那不是設定，是我擔心要是真的太放鬆，會露出失禮的表情和行動，無法做好女僕或是老師的工作。」

「那現在呢？」

「在別人面前還是一樣啊，但在你面前就不用掩飾了。」

「也是，反正妳最糟糕的一面我都看過了，應該是不能更糟了。」

「這句話彼此彼此吧？」

左歌抬起下巴，露出輕蔑的眼神說道：

「你的話別說更糟了，我壓根就沒看過好的一面。」

這傢伙最近是不是越來越囂張了？是時候該給她一點教訓了。

「正好現在在賭場。」

我指著面前喧譁的人群，跟左歌提議道：

「妳敢不敢和我來一場比賽啊？」

「什麼比賽？」

「本金一人十萬，二小時後回來這邊，賺到更多錢的人就是贏家。」

「真是無聊，我對賭博沒有興趣──」

「膽子跟胸部一樣小的可憐女人。」

「──我跟你賭了！」

輕易被我煽動的左歌殺紅了眼說道：

「輸家當場自盡！」

「不，也不用做到這樣……」

我剛剛的挑釁竟然可以讓妳憤怒成這樣嗎？

「輸家要聽贏家一個命令，如何？」

「沒問題，就讓你見識我那驚人的運氣，我在玩手遊時，每次保底可是一定都會抽到好卡的喔。」

這不是廢話嗎？

「不管贏家說什麼……輸家都得聽是嗎？」

白鳴鏡突然從旁插入，若有所思地看著我的臉說道：

「也就是說，叫海溫先生這樣——不，就算誇張點，讓他變成那樣也是可以的……」

我的脊背一陣發寒。

這樣到底是哪樣？他到底想對我做什麼？

不過事到如今，也不好說他不能參與，畢竟其實他才是這次「未來實習」的主角。

「凜凜也想加入嗎？」

「我就不用了，哥哥你們玩就好了。」

芍凜搖了搖手笑道：

「我還有事必須處理。」

她提起手中的布包裹，記得之前她說過，要拿這個禮物去拜訪空中賭場的主人。

「那麼——」

總之，贏就好了。

對白色死神來說，贏下賭局可謂是輕而易舉。

「二小時後，我們原地集合！」

我、左歌和白鳴鏡三人之間的賭博勝負，就這樣開始了。

半小時後，全身上下只剩一條四角褲，幾近全裸的我跪在白嗚鏡面前。

「請借我錢。」

我抬起頭，以無辜的表情說道：

「只要你肯周轉我一些，我保證之後一定會翻成十倍還你的。」

「……沉迷賭博的人都是這麼說的喔，海溫先生。」

「嘖。」

跪著的我忍不住砸舌道：

「明明都已經贏到五千萬了，要不是最後那局大爆冷門……」

「不過才短短半小時？海溫先生的本金就翻了這麼多倍？」

「因為我專挑冷門的 ALL IN 啊。」

「……那也難怪會輸到只剩一條內褲了。」

「不不不，白嗚鏡你聽好，你不懂賭博這回事。」

我伸出手指，以指導者的態度說道：

「所謂的賭博，不是輸就是贏，所以贏錢的機率是二分之一喔。」

「……」

「二分之一就是五十％，再經過偉大的數學原理——四捨五入換算後，勝率就是百分之百！也就是說，只要堅持下去，遲早都會賺錢的。」

「真正不懂賭博的是海溫先生吧？」

白鳴鏡輕輕嘆了口氣。

「不過既然是海溫先生的請求，我也不好拒絕就是了，我剛剛贏了一些錢，原本的本金就借你吧。」

他露出溫柔的笑容，從包包掏出十萬說道：

「來，注意不要被左歌老師發現了。」

「大恩大德沒齒難忘！」

雖然心中莫名有種變成小白臉給人供養的感覺，不過有借到錢就好。

不管怎麼樣都不想輸給左歌。

拿著這筆錢，我第一件要做的事就是先去把自己的西裝給贖回來，讓自己從暴露狂恢復成正常人。

「對了……還有一點時間。」

為了大家的安全，我事前在大家身上裝了ＧＰＳ定位。

「先去偵察一下敵情吧。」

按照ＧＰＳ的標記，我在大量的人群中很快地就找到了左歌的位置。

要是輸得差不多了，我還可以嘲笑她一下——

「喔喔————！」

可是，出乎我意料的，左歌那邊圍著大量的群眾！

「這女人到底是什麼來頭，真是太驚人了！」

隨著左歌的下注，周遭的人不斷拍手歡呼。

「怎麼會……」

這個發展……

該不會左歌平常都在扮豬吃老虎，其實是個百年難得一見的賭博師嗎？

心中有些著急的我趕緊擠進圍得水洩不通的人群，想要看看是怎麼回事——

「這個賭場竟然允許這種事發生的嗎？」

圍觀的女子以驚訝萬分的語氣道：

「竟然每一次都只下注一元……」

「……」

無言的我不禁停下腳步，此時，圍觀群眾的歡呼和議論不斷傳入我耳中。

「依照規定當然是不行，但是莊家看到她一臉認真的模樣，似乎一不小心就答應了。」

「真是有勇氣啊，不管大家怎麼起鬨而叫囂，都還是完全不被周遭環境給動搖地——永遠只下注一元。」

畢竟是個會在人前閱讀色情漫畫的女人，羞恥心大概是已經死了吧。

「而且從剛剛開始，玩俄羅斯輪盤就只賭開紅跟開黑兩種，絕不冒任何過大的風險。」

「看啊！她的手在抖——不對，已經開始因為呼吸不順而喘氣了！她竟為了這一塊錢而感到緊張嗎？」

「她是認真的！她才是真正沉浸在賭局中的人！」

「就連莊家都拋下立場，暗中祈禱希望她能賭贏了！」

「贏了！她贏了！明明只是一塊錢，但是她竟激動地跳起來跟旁邊的人擁抱和擊掌！真是太好了！」

也難怪周遭的人要歡呼了，這確實是百年難得一見的情景。

這群看熱鬧的人，眼神已經變得像是在關愛孫女的老爺爺老奶奶了。

看左歌這種賭博的模樣，她應該是無法構成任何威脅。

至於白鳴鏡的本金已經被我借走一大半，他的運氣再怎麼好，也無法贏太多錢。

這場賭博競賽，我已經是十拿九穩了。

半小時後，變成全裸的我再度跪在白鳴鏡面前。

「真的很對不起，請再借我一些錢。」

不管是物理還是心理層面都變冷靜的我說道：

「我突然想到，我這輩子賭博好像都沒贏過。」

畢竟不管靠技術和觀察力贏多少，最後利慾薰心的我都會為了搏上一搏而 ALL IN。莊家過程會虧，但我永遠不賺。

賭博真是太可怕了。

「所以，我想通了，與其靠自己賭博獲勝，不如把你的錢借光，只要能借超過十萬，基本上最終結果就是我獲勝。」

「…………………」

聽到我這麼說，白鳴鏡皺眉不語。

果然還是太勉強了嗎？因為這畢竟不是靠賭博取勝，而是靠搾乾白鳴鏡取勝。

「只要海溫先生開口，不管多少我都會借你就是了。」

白鳴鏡一副遺憾地說道：

「不過因為已經被你借過一次的關係，我現在身上只剩下五萬左右。」

沒想到剛剛借過一次錢的事實，竟成了我之後失敗的伏筆。

「還是我現在去賣器官？」

「……請不要一臉輕鬆地說出這麼沉重的事。」

「那怎麼辦呢？」

「看來，只好靠賭博將這些錢給翻上幾倍——」

「迴圈了迴圈了，海溫先生。」

不好，差點又要重蹈覆轍。

「我知道了。」

想到好主意的我，握拳拍了一下手掌說道：

「我去悄悄把左歌的錢都扒走，這樣子最後的勝者就是我了。」

「……………………這樣，不太好吧。」

「放心啦，這勉強只算踩到紅線。」

「那不就是出局了嗎？」

「總之，先借我點錢，讓我把衣服先給贖回來——」

正在我打算拉著白鳴鏡強制採取行動時，我的第六感突然起了作用。

背後突然有一股涼颼颼的感覺，我反射性地有了動作！

「快閃！」

我拉著面前的白鳴鏡伏倒在地！

——咚咚咚！

剛剛我所在的地板，傳來了釘子打入的沉重聲響。

「牙……」

三顆銳利無比，彷彿肉食動物的長牙嵌入地板中，齊地而沒。

要是我剛剛不閃開，想必就已經被釘穿了吧？

「海溫先生！你、你現在可是全裸啊！別這樣壓在我身上！」

底下的白鳴鏡似乎在喊著什麼，但現在的我無暇理會他。

這種攻擊方式至今為止我只認識一人。

朝著牙射來的方向，我迅速用視線掃過一遍人群。

「『食慾』……」

站在我面前的，是身高只有一百二十公分的小女孩。

和銀白色頭髮對比的黝黑皮膚，容貌端正且四肢修長，乍看之下好像是個南國幼女。

但我知道的，她是個比外表看上去還危險許多的人物。

「嘻嘻——今天真是個好日子啊，聞到讓人熟悉的味道後，跑來這邊一看果然是對的。」

她張開了比一般人大的嘴巴。

「我想見你好久了啊，白色死神。」

她有兩排牙齒。

而且每顆牙齒都跟肉食動物一樣又尖又硬。

只不過開闔了幾下嘴巴，牙齒撞擊就產生了刺耳的金屬聲響和些許的火花。

要是知道這個麻煩人物也在此處，我想必不會上來這艘飛船。

「海溫先生你快起來，再這樣下去，我怕我會不小心鑄下大錯！」

「我們現在已經犯下不可挽回的大錯了！」

我趕緊拉起不知為何有些臉紅的白鳴鏡說道：

「再不快跑，就要喪生於此處了！」

人類三大慾望。

食慾、性慾、睡眠慾。

「裡世界的高手，通常都是一群任性又自我特色強烈的人。」

我一邊跑一邊跟身旁的白鳴鏡解釋道：

「而有三個人的代號，就剛好分別對應人類的三大慾望。」

「代號……？就像是海溫先生的『白色死神』嗎？」

「沒錯，如果遇到這三人就逃跑，已經是裡世界的常識了。」

「……為什麼？」

「因為不管是怎樣的人類，都無法反抗這三大慾望啊——閃開！」

我再度推開白鳴鏡，幾根尖銳的牙齒又咚咚地打在地上！

身後的食慾張開嘴，從她的嘴巴處，牙齒像是子彈一般傾瀉而出。

這傢伙又變得更可怕了。

記得以前的她還沒有這種遠距離攻擊手段。

周遭的群眾因為我們的戰鬥陷入一片混亂。

這也是當然的，畢竟不管怎麼看，這都是幅異質的場景——

「啊啊啊——！有裸男在牌桌上跳來跳去啊！」

好吧，造就大家混亂的人就是我。

「海溫先生！這樣太不成體統了！請你先穿上我的衣服！」

白鳴鏡毫不猶豫地「啪」一聲撕開他的西裝，將他的衣服全數交給了我。

「啊啊啊啊啊啊——有另一個裸男在牌桌上跳來跳去！」

很好，狀況並沒有改善。

看來在只有一件衣服的前提下，是必定會產生一個裸男的。

不過，還有挽救的機會。

我將身上的西裝外套和白色襯衫脫了下來。

「上衣部分給你！先拿去遮一下！」

「沒問題！」

白鳴鏡將我給他的衣服迅速往自己身上一套！

「啊啊啊啊啊啊——有兩個半裸男子在牌桌上跳來跳去啊啊啊啊啊！」

怎麼辦，狀況惡化了。

看來在只有一件衣服的前提下，是有可能產生兩個半裸男的。

我的本意是叫白鳴鏡遮住下半身，豈料完全不會變通的他竟只穿了上半身而讓下半身全裸。

前有社會性死亡，後有物理性死亡，這狀況真是太嚴苛了。

「這裡就交給我吧！」

調整衣服，將衣服圍在腰間的白鳴鏡擋在我的身前說道：

「海溫先生你快走！」

「你知道說這種話的人，最後通常都沒什麼好下場嗎！」

「要是平安回去的話，我這次……一定會跟奈唯亞結婚的。」

「就說不要再說那種類型的臺詞了！」

還有拜託你不要再去和奈唯亞傾訴愛意了，她的煩心事已經夠多了。

——啪嚓！

此時，奇異的異響再度從身後傳來！

——來了。

我腦中的警報聲前所未有的大聲響著！

「那是……什麼？」

目睹異常情景的白鳴鏡，震驚地渾身顫抖。

「她在做什麼……？」

「如你所見，她在吃。」

張開嘴的食慾朝著旁邊的石柱咬了一口，堅硬的石柱就這樣留下了一個缺口。

就像是在咬巧克力一般，食慾「喀嚓喀嚓」地嚼著碎石。

「不管什麼東西都能咬住、吞下——這就是食慾。」

張著嘴的食慾，嘴中的牙齒閃著亮晃晃的光芒。

我從胃中取出槍，毫不猶豫地朝著她擊發。

——喀！

金屬撞擊的聲響和火光從食慾嘴中迸發出來。

「嘻嘻嘻——」

開心的食慾張開嘴，向我展示卡在齒縫中的子彈。

「至今吃過這麼多子彈！還是白色死神的最夠勁啊！」

她一個仰頭，將子彈吞了下去！

「竟然……吃下了子彈？」

越來越多超乎常理的事發生，讓白鳴鏡似乎連理解都開始顯得困難。

「這就是你一直渴求的事物喔。」

食慾一步一步地靠近我們，所經之處的桌子、椅子、牆壁和都發出「啪嚓」的聲響，留下了深深的齒痕。

「歡迎來到裡世界。」

在殘酷的裡世界中，會活下去的人是怎生模樣呢？

就算是在其中闖蕩多年的我，對這個問題都無法給出明確的答案。

但是，我知道怎樣的人會死。

——那就是不夠異常的人。

這是個人命會隨時隨地——以彷彿笑話一般消逝的世界。

所以，只有瘋子才能在這樣異常的世界中保持正常。

思考邏輯符合一般論的人，別說在裡世界中活下去了，光是待在裡頭久了都有可能扭曲、變形。

那麼，下一個問題。

怎樣的人會在裡世界中成為眾人畏懼的對象，甚至得到「名號」呢？

——那當然是比誰都還異常的存在。

異常中的異常。

瘋子中的瘋子。

而這樣的人，通常都慾望深厚，為了自己渴求的事物什麼都願意去做。

為了錢、為了女人、為了安穩沉眠——

為了吃。

誕生在戰亂國家的食慾，原本是個終日吃不飽的可憐小孩。

這樣的她在某場戰爭時倒下，然後幸運地被國際組織救走。

為了彌補小時候的遺憾，她對吃無比執著。

從平民小吃到高級料理、從異國料理到祕境珍禽。

因為吃遍世上所有珍饈和珍貴食物需要大量金錢，所以她主動投入了傭兵組織，開始為他人打仗。

本來因戰爭而餓肚子的女孩，為了吃回到了戰場，然後製造了更多吃不飽的人。

這時的她一天要吃下約二十公斤的食物，雖食量異於常人，卻還沒有成為大家畏懼的對象。

真正開始異於常人，是在之後數年的事。

她突發奇想，想到了至今為止的人類都沒人想過，也不該想到的點子。

——她想吃下所有事物。

之所以會餓，之所以會吃的東西不夠廣泛。

之所以永遠不滿足，是因為這世上有太多東西不能吃。

她用手術改造了整個消化系統。

從牙齒、食道、胃、大腸、小腸——

每一次的手術改造都攸關她的性命，但她毫不畏懼。

吃了吐、吐了再吃。

吃下鐵、玻璃、沙子、石頭、木頭——

最終，她成了能吃下這世上大多數事物的存在，也因此被冠上「食慾」之名。

「以上，就是食慾的介紹了。」

拉著白鳴鏡拚命逃跑，我們好不容易找到一間小房間藏身。

不過這樣的休憩大概也不會持續太久吧。

畢竟食慾的嗅覺比警犬還敏感。

「在三大慾望中，只堅持吃的食慾還算是比較好懂的。」

「……那『性慾』和『睡眠慾』呢？」

「相信我，你永遠不會想見到他們的。」

我從胃中取物那招，也是從食慾那邊學來的。

同為裡世界的高手，白色死神時代的我，跟三大慾望都有過接觸。

有時是敵人、有時則是夥伴。

但不管是怎樣的關係，他們都是一群令人傷腦筋的存在。

「海溫先生，我突然想到一件事。」

我面前的白鳴鏡說道：

「不是我的妹妹芍凜，而是過去的愛莉莎維爾，曾經跟我說過這樣的話——」

——他的死很突然，而更古怪的事情是，他的屍體上有著被大型野獸咬過的缺口。

「該不會『莎』的先王去世，就是因為食慾——」

「很有可能就是她下的手。」

「……」

也就是說，之前這國家會陷入內亂，有一部分是食慾的責任。

「在八年前……『右』就打著『莎』的主意嗎？」

「畢竟是個半封閉的小國，右可能早就想要藉著地利經營空中賭場吧，八年前他們被我所阻止，而如今他們想要再來一次。」

「………………」

「怎麼了？為何要用充滿崇拜的眼神上下打量我？」

「我只是再一次地體認到海溫先生有多了不起，竟然能阻止『右』的陰謀，在裡世界中……海溫先生可說是頂點的存在吧？」

「我要修正你的說法喔。」

我打斷他的話。

「與其說是頂點……不如說是最底端吧。」

「……」

「剛剛在聽食慾的故事時，你的表情完全暴露了你的想法，在你眼中，這樣的存在足以稱之為怪物吧？」

我指著自己問道：

「那麼比怪物更恐怖的存在，你認為會是什麼呢？」

左歌罵我人渣時，我之所以反駁，是因為這樣的形容詞本來就不適用在我身上。

我比人渣更惡劣。

「海溫先生……」

身旁的白鳴鏡，問了一個他想必思考許久的問題。

「以你的角度來看，我到底欠缺什麼呢？」

「……」

「是少了什麼，讓我和你以及奈唯亞有著決定性的不同？」

我一直猶豫是否要不要跟他說。

一直以來，我做了許多惡事。

但我不曾後悔過。

要是因此而感受到罪惡感，即使只是一絲一毫，我的人生也會就此結束吧。

但這不代表我沒有任何道德觀。

要是讓白鳴鏡在裡世界陷得越深，他的人生就會越偏離正軌。

不管是怎樣的人，在把白紙染上黑墨前都會猶豫吧。

但是——

看著以認真無比的面龐看著我的白鳴鏡，我想說的話就這樣不由自主地脫口而出。

「因為你想當英雄吧。」

「……」

「裡世界中沒有英雄。」

「…………」

「換句話說，你打從一開始就在追求不存在的事物。」

「…………」

他露出了備受打擊的神情。

但是我仍必須說下去。

「那種全部人都露出笑容的皆大歡喜結局，是不可能存在的。」

就連至今為止的白色死神，都只能保護他想保護的事物。

「所以，你欠缺的──」

就在我想要將答案說出口的那刻──

──碰！

我們身後的牆壁裂了一個大洞，從中出現了一張大口。

「快閃開！」

我拉著白鳴鏡一個翻滾，躲開食慾向我們啃下的利齒。

不管是什麼都無法阻止食慾的牙齒，身後的水泥牆就像紙糊的一般轟然倒塌。

此情此景，讓我聯想到在海中被大白鯊所追殺。

「給我吃──」

食慾四肢著地！

「給我吃啊──！白色死神！」

「妳也差不多該放棄了吧！」

我對她舉起槍道：

「不管怎麼樣妳都吃不到我的！」

「海溫先生，食慾竟然想吃你嗎……？」

「是啊，遍尋世界可吃之物的食慾，某天突發奇想，想要將白色死神吃掉。」

當她冒出這念頭的瞬間，我和她那長達三個月的捉迷藏就開始了。

不管逃到那兒都會被找到，不管用什麼方式打消她想吃我的念頭都失敗。

「最終，嫌麻煩的我以差點殺掉她的方式教訓了她一頓，暫時擺脫了她的糾纏。」

「那她現在為何又來襲擊你？」

「大概是時間過了之後又忘記了吧。」

「……」

「畢竟她的腦中除了吃之外什麼都沒有了——嗚哇！」

一道褐色閃電劃過！

——啪嚓！

食慾的撲咬比野生動物還迅捷。

要不是我瞬間反應得當，我的手就要被咬下來了。

「你是我的————————！」

四肢著地的食慾大聲吼道：

「你的頭髮眼睛鼻子嘴巴耳朵手腳和身體的每一吋肌肉和肌膚和每一滴血都是我的

啊啊啊啊啊啊啊──！」

食慾再度撲了過來！

我隨手撿來抵擋的鐵板就這樣被食慾給咬碎、吞噬。

「妳這個煩人的跟蹤狂！我已經受夠妳了！」

──砰！砰！

我對著她不斷開槍，但子彈不是落空就是落入她的嘴中！

「嘖！」

帶著白鳴鏡這個負累，我的行動大大受限，完全無法和食慾對抗。

要不是他是我現在的保護對象，我一定會把他丟過去擋刀的。

「既然這樣──」

我咬破自己的手指，將自己的血灑往空中！

「啊姆！」

食慾張開口，把瀰漫在空中的血給吸乾，但下一瞬間──

「嗚──！」

就像是吃了什麼毒藥，在半空中的食慾瞬間身體僵直，倒在地上。

「趁現在快走！」

我拉著白鳴鏡逃離現場！

「我在剛剛的血中下了只要零點一毫克，大象就會死掉的毒。」

但即使是這樣，對吃遍天下毒物的食慾來說，一定也是一點用處也沒有，頂多只能拖住她幾十秒吧。

「這裡！」

遠方傳來雜亂的腳步聲。

「食慾大人在這邊跟敵人戰鬥！」

身著黑西裝，胸前有著「右」之徽章的人，從牆壁破洞處湧了進來。

「被逼入絕境了啊……」

既然沒有地方逃，也沒有任何躲藏的地方——

「那乾脆這麼做吧！」

我拉著白鳴鏡，往房間的窗戶處奔跑。

「等一下等一下等一下！海溫先生，你該不會是想要——」

「就是你想的那樣沒錯！」

用手護著頭部，我拉著白鳴鏡「砰」的一聲突出了窗外，跳到了浩瀚無雲的晴空之中。

「啊啊啊啊啊啊啊啊啊啊啊啊啊啊——！」

伴隨著著身旁白鳴鏡墜落的慘叫，我輕聲說了一句「巴魯斯」。

幕間

白鳴鏡的過去・五

「將這兩個孩子抓起來！」

隨著這聲霹靂般的大吼，穿著黑袍的叛軍突然從後方將我和芍凜抓住。

「咦？咦？」

突如其來的變故，讓我不知所措。

芍凜慌張地看著我，眼淚都快因為恐懼而流出來了。

「你們在做什麼？」

愛莉莎維爾以充滿壓迫感的微笑問道：

「我們三個孩子只是在橋上聊天，並沒有礙著你們什麼吧？」

「公主。」

此時，一個身材高大、穿著華麗，在黑袍軍中顯得特別突出的人從後方現身了。

「我們並不是刻意對妳不敬，只是希望妳能答應我們一些請求。」

「叔叔，就別惺惺作態了。」

聽到愛莉莎維爾的稱呼，我才明白眼前這人就是叛軍的首領，也是愛莉莎維爾的叔叔。

「如今我只是你們的人質，根本沒有反抗之力，你想對我做什麼我能拒絕嗎？」

「公主，妳就別調侃我了。」

叛軍首領推了推眼鏡，有些無奈地說道：

「妳主動投向我們，讓現在的戰局停滯，這一切不都在妳的計算中嗎？」

「叔叔把我想得太厲害了，我只是個無力的八歲孩子。」

「不不不，就我看來，妳比妳的母親還要恐怖多了。」

叛軍首領走到愛莉莎維爾面前。

「明明主動送上門，我也確實想拿妳做些什麼，但不知為何怎麼做都不對，就像跟智謀高超的棋士在下棋一般，步步落於後手。」

「畢竟叔叔最缺乏的就是『大義名分』。」

愛莉莎維爾把叛軍的困境點了出來。

「做為發動反叛的一方，你們怕的不是無法打敗王室，你們怕的是這場戰爭結束後，人民不願意追隨你們。」

「別太小看我們了！」

叛軍首領有些不屑地說道：

「我們可以靠軍事力量壓制，只要時間一拉長，就算稍有反抗的聲音，最終也會消失——」

「那麼，叔叔為何不這麼做呢？」

看穿叛軍首領的愛莉莎維爾笑道：

「直接在人前公開凌遲我，讓母親不敢反抗你，一舉攻下『莎』。」

「……」

「因為你做不到啊。」

愛莉莎維爾摸著自己的胸口道：

「虐殺一個八歲的小女孩，就算國內勢力真的被你們鎮壓，國外的有心勢力也會打著『清除殘暴殺人者』的旗子，浩浩蕩蕩地來分一杯羹。若是演變至此，局勢就會一口氣變得複雜，跳脫你所能掌控的程度。」

「……」

「等到那時，你一直仰賴的背後勢力，也會嫌麻煩而將你拋下，對吧？」

「…………」

洞悉所有局勢的愛莉莎維爾，說得叛軍首領啞口無言。

「……妳一個小毛頭，別太瞧不起大人了。」

過了不知多久後，有些惱羞成怒的叛軍首領咬牙說道：

「就像妳說的，要讓妳就範，乖乖聽我的話多的是方法。」

架著我和芍凜的黑袍男子，粗暴地將我們推到愛莉莎維爾面前。

「若是妳之後不聽從我的命令，妳這兩位好友……我可不敢保證之後會變得如何。」

「…………」

第一次，我看到愛莉莎維爾臉上的笑容收了起來。

叛軍首領臉上漾出邪惡的笑容，將愛莉莎維爾綁了起來。

我們三人被丟到了一個黑暗地牢中關了起來，可能是為了不要讓我們有小動作，我們三人被分別關進了三間不同的單人牢房，雖然聽得到彼此的聲音，卻看不到彼此。

雖叛軍因為我們還有利用價值而善待我們，但環境造就的壓力還是逐漸侵蝕了芍凜的心。

「我好怕……哥哥……」

過了數日後，芍凜開始低聲啜泣。

「好想出去……好想回家……」

「沒事的，凜凜，很快就結束了。」

我緊握拳頭，不讓自己的不安傳達給她。

「哥哥會想辦法的。」

事實上，我一個辦法都沒有。

我並不是愛莉莎維爾——不是特別之人。

我不是能拯救一切的英雄。

無盡的黑暗和監禁，不斷削弱我們的心和身體。

儘管我和愛莉莎維爾努力聊天舒緩氣氛，但還是有極限的。

不知到第幾天時，芍凜不再說話了。

漫長的沉默，讓她就像死了一般，不管我怎麼呼喚她都沒有回應。

「莎維爾……」

不知為何，這些日子中，我腦中一直浮現愛莉莎維爾在橋上那一瞬間的愧疚表情。

「妳是不是早就料到了這一切？」

「你在說什麼呢？」

「妳的腦袋異於常人。」

明明跟我一樣才八歲，卻洞悉了一切，光靠話語和立場，就讓掌握大權的叔叔在妳面前束手無策。

「妳一定是歷經了無數常人無法想像的修羅場，才得到了這樣的力量，但是——」

我真是傻啊。

過了這麼久才察覺到了這個不對勁。

「這樣的妳，怎麼可能會料不到現在這種發展呢？」

「…………」

「妳早就知道會變成如此。」

為什麼要將珍貴的物資分給飛機上的人？

為什麼要在暗夜中帶我們出去玩？

為什麼——要和我、芍凜成為朋友？

「妳是故意的。」

喉嚨好乾渴。

每一個字通過喉嚨，都像是燒灼一般難受。

「莎維爾——不，愛莉莎維爾。」

「妳是故意要讓我和芍凜被抓起來的，對吧？」

「…………………………」

「回答我！不要不說話！」

——砰的一聲！

我握拳重重敲了一下牆壁！

「快告訴我真相！」

——告訴我一切都是我誤會了！

「…………白鳴鏡。」

過了不知多久後，愛莉莎維爾輕聲說道：

「你知道什麼是必勝的賭局嗎？」

「我現在不是在跟妳討論這個，不要逃避我的問題——」

「我沒有逃避！」

愛莉莎維爾打斷我的話。

「就是因為沒有逃避，我才走到了今天這一步。」

「…………」

「為了取得大義名分，叔叔表面上不管怎麼樣都不能與我為敵。但他為了自己的目的，勢必會想辦法尋找可以控制我的材料。」

愛莉莎維爾的聲音，在無聲的暗夜中，就像刀子一般清楚和銳利。

「叔叔不能抓國民來挾持和命令我，因為這會激起民怨，我也可能狠下心不理會他的威脅。但是，國民以外的人又如何呢？」

「啊……」

我發出了不像是我會發生的乾啞聲音，就像是某種哀號。

「只要讓對方照著你想的行動，賭局就會必勝。」

一直不願意確認的答案，就這樣透過愛莉莎維爾說了出來。

「對叔叔來說，他所渴望的事物是什麼呢？」

「——那就是愛莉莎維爾有了『珍愛的對象』。」

要是有了這樣的存在，叛軍首領就能以此要脅愛莉莎維爾。

「所以，我特意『挑選』你們成為了我的朋友。」

「一切……都在妳的計畫中。」

「叔叔的下一步，應該就是擁護我成為皇帝吧。」

「……為什麼？」

「逼我和母親對抗，自己躲在背後操弄一切，最後再找個合適的時機，要求我將皇位『禪讓』給他。」

「也就是……和平轉移政權，讓自己名正言順地登上王位？」

「沒錯。」

「若真變成如此，妳要怎麼逆轉一切？」

「這個就不是你們這些外人應該知道的事情了。」

「我們不是外人，我們已經被妳捲進來了——」

「你們就是毫不相干的人。」

愛莉莎維爾的聲音，毫無感情。

「你們只是祭品，讓叔叔照著我所預想般的行動。」

「………………」

我感到天旋地轉，要是不扶住牆壁，連站立都有困難。

「我是愛莉莎維爾，是『莎』的第一王位繼承人，也是這個國家的公主。」

即使看不到，我也能知道，此時的愛莉莎維爾必定順了順耳際的頭髮，亮出了她手上的皇冠戒指。

「不管犧牲多少事物——」

「我都必須成為拯救一切的英雄。」

第六章 要是連猜拳都不會，那當個隨扈可是活不下去的

剩餘報酬：90億

——血之繼承日。

「莎」這個國家，最充滿戲劇性的一日。

在那一天中，叛軍擁立了愛莉莎維爾為王，打算一舉攻下這個國家。

但就在那時，一個誰都想不到的恐怖意外發生了。

以此為契機，內亂多年的「莎」在該日平定了混亂，實現了統一和和平。

「原來如此、原來如此。」

看著手中的資料，我點了點頭。

「『血之繼承日』……他們是這麼稱呼那天的啊。」

在我殺掉愛莉莎維爾後，我就沒有去管多餘的事了。

原來之後還發生了那樣的事啊。

「海溫先生！」

我身旁的白鳴鏡大喊道：

「不要再悠哉地看手機了！」

「嗯？你說什麼？」

過大的風切聲，讓我聽不太清楚白鳴鏡的聲音。

「快想點辦法啊！」

嗯，果然還是聽不清楚。

不過依照讀脣術，還是可以推測白鳴鏡在說什麼，看來他似乎十分著急。

「放心吧，白鳴鏡。」

我對他豎起大拇指。

「只要不去想辦法，就不會得到『已經毫無辦法』這個答案喔。」

「雖然我聽不清楚海溫先生在說什麼！但從你的表情中我知道你一定在逃避！」

從飛船上破窗而出後，我和白鳴鏡朝著底下的虛空掉落。

為了不摔死，我射出了綁著小刀的繩子，刺進飛船表面而停住了墜勢。

雖然避免了最糟的結果，但爬上飛船的我們，只能死抓著刀子，像隻蟲子一樣趴在上頭進退不得。

身後身下都是萬丈深淵，要是一個不留意，就會被冰冷的強風給吹落。

「不過海溫先生剛剛射出小刀真厲害，感覺就像是蜘蛛俠呢。」

我們兩個用脣語對話。

「我事先聲明。」

我一臉嚴肅：

「我是從胃和嘴巴射出刀子，不是從屁股喔。」

「我當然知道！為什麼要特地解釋這個！」

就是很怕你誤會這點。

「嗚啊——————！」

白鳴鏡突然慘叫了一聲！

「怎麼了？」

緊張的我趕緊回頭一看。

「我的衣服被風吹掉了！」

再度衣不蔽體的他，身體各個部分都隨著強風搖來晃去。

「你可以不要動不動就全裸嗎！」

「我又不是故意的——嗚啊！」

「又怎麼了？」

「不知什麼東西劃過我的身體，有些疼……」

「……」

雖飛船前行的速度不比高速的飛機，但身處在數百公尺的高空中，只要一顆小石頭飛過來，威力都堪比飛刀吧。

「哪裡受傷了？還好嗎？」

「主要是屁股那邊。」

「……」

「別擔心，海溫先生，聽說屁股是人類身上最能承受打擊的部位喔——」

「我就算知道也不想這時聽你說！」

「我的屁股只有表皮受傷，最重要的入口處沒事……」

「那邊是出口不是入口！」

趴在飛船一絲不掛的白鳴鏡，只有屁股淌著鮮血，這情景怎麼看怎麼怪異。

「若是這時把他踢下去……是不是就能假裝意外而放棄任務？」

對，這是不可抗力，任務成功率應該還是百分之百沒錯。

「海溫先生剛剛說了什麼？我讀唇讀得不太清楚。」

「沒什麼事。」

我趕緊轉移話題。

「已經過一段時間了，風頭應該過了吧。」

這種巨大飛船，表面上看似布製品，但其實裡頭內藏鋼筋鐵骨，比表面上看來結實得多。

小刀能刺進表面，卻無法將其劃破。

「既然如此——嗚嘔嘔嘔嘔！」

我再度從胃中吐出了工具。

「那是什麼？」

「火焰噴射器。」

「…………為什麼你們藏在胃裡頭的事物，總是能大於胃的體積呢？」

「這不算什麼，食慾甚至能吐出一臺小型車呢。」

「…………」

「總之，讓我們回到飛船內吧。」

之所以趴在外頭，是為了利用人類心理的盲點。

誰都想不到跳窗而出的我們，其實還躲在飛船上頭。

「嗯……風有點大，火焰槍不太好拿……乾脆這樣好了。」

我將火焰槍吞回去，從嘴中吐出槍管。

「嗚吼——」

像隻哥吉拉，我從口中吐出火焰，劃開飛船的表皮。

「這就是……裡世界的頂點？」

徹底混亂的白鳴鏡，看起來快掉下去了。

「我就算做好覺悟……也不覺得自己這輩子能觸及。」

不知為何，似乎在奇怪的地方讓他體認到嚴酷的現實。

劃開一個人能通過的大小後，我跟白鳴鏡爬了進去，總算是勉強逃離了險境。

「話說我們回來這邊，不會被食慾察覺嗎？」

「我剛剛對她下的毒，會暫時性地影響她的五感，接下來三十分鐘應該沒問題。」
「原來是這樣。」
「嗯……好多管線。」
看來我們爬進某層的天花板處了。
「接著隨便找個地方下去吧……嗯？」
我伸出手，示意停止前行。
「海溫先生，怎麼了——」
「噤聲，我們接著都用脣語對話就好。」
我指了指下方。
「你看看下面。」
透過管線中的細小孔洞，我們看到了許多別著「右」之徽章的黑西裝男。
而在他們之中，站著一個臉上都是傷痕的高大男子。
「怎麼會……」
身旁的白鳴鏡驚訝地低語道：
「他不是……已經死了嗎？」
「那個人是誰？」
「他是叔叔……？」
「嗯？」

「他是……愛莉莎維爾的叔叔。」

八年前的叛軍首領，就這樣出現在我們面前。

「從周圍的人對他俯首稱臣的模樣，可以得出他就是這艘飛船首領的結論。」

「看來他還沒放棄奪取這個國家。」

「不過，他的存在似乎還不是最讓人驚訝的事情。」

我再度指著下方。

站在叛軍首領和「右」前方的，是一個誰都料想不到的人物。

「叔叔，很開心你能接受我今天見面的請求。」

芍凜順了順耳朵旁的髮際，輕聲笑道：

「要不要和我一同奪取這個國家啊？」

趴在天花板上的我和白鳴鏡互看了一眼，幾乎要以為我們剛剛是一不小心聽錯了什麼。

無視我們的驚訝，底下的人不斷進行對話。

「坦白說，我不知道該不該相信妳。」

叛軍首領皺眉說道：

「從頭到尾，妳的存在就是個謎，愛莉莎維爾的轉生……開什麼玩笑。」

「死而復生這種事一點也不奇怪吧，叔叔不也一樣嗎？我還以為你八年前已經喪生在內亂中了。」

「要不是愛莉莎維爾和白色死神從中作梗，這一切早就在八年前結束了。」

就像是臉上的傷疤隱隱作痛，叛軍首領按著臉說道：

「我拚了命掙扎活了下來，就是要奪取我原本該拿到的一切！」

隨著叛軍首領的手勢，所有在他身旁的黑西裝男都舉起了槍。

「如果妳真的是愛莉莎維爾的轉世，那就太好了！因為這給了我復仇的機會！」

他露出了扭曲的笑容說道：

「我不會讓任何人再妨礙我了！」

過了八年，叛軍首領的表情和行為看起來越來越癲狂，感覺他下一刻就會將芍凜亂槍打死。

但即使面臨這樣的絕境，芍凜仍沒有任何驚慌。

「叔叔，你先別著急，我剛不是說了嗎——『要不要和我一同奪取這個國家啊？』」

她的臉上掛著看破一切的微笑——就像是愛莉莎維爾。

「也就是說，我並非是你的敵人，而是你的同伴。」

「哈哈！動動嘴巴誰都會。」

叛軍首領不屑地說道：

「擁有『右』的支持，我原本就不需要任何幫助，更何況，誰知道妳會不會表面上當我盟友，然後暗中搞鬼呢？」

「你說得有道理。」

芍凜點了點頭說道：

「所以，我帶了能證明我誠意的東西。」

她拿起放在腳下的包裹。

那是她進到空中賭場時，就一直片刻不離身的事物。

「請看看這個。」

她將包裹上頭的布緩緩解開，露出了底下的漆製木箱。

「嗯……？」

此時，我隱隱意識到了不對勁。

除了一直以來會起反應的危險雷達外，我也從那個木箱中，聞到了一絲不祥的味道。

——血腥味。

要不是一直被布和木箱封住，我想必會更早察覺這個殘酷的事實吧。

「鏘鏘～～這就是禮物～～～」

芍凜搭配自製的音效，將木箱給拉開。

就在看到其中裝著什麼時，我趕緊伸手將白鳴鏡的嘴給摀住。

要是不這麼做，我相信他一定會大叫出聲。

「看到這個東西，想必你們一定對我的誠意毫無疑問了吧。」

鮮紅的血液從木箱中淌了出來，滴滴答答地落到了地上。

濃厚的血腥味布滿了整個房間。

木箱中裝的，是一顆血淋淋的頭顱。

「原來如此。」

叛軍首領滿意地揚起了嘴角。

「這確實能表示妳的誠意。」

那是——莎麗王的頭顱。

「安靜點！」

我緊抱著騷動不已的白鳴鏡制止他，同時將只有他聽得見的聲音傳入他耳中。

「你要是現在衝下去，狀況只會變得更加糟糕。」

「我總算明白妳的真實身分了。」

叛軍首領愉快地哈哈大笑道：

「妳是個騙子。」

捧起以悽慘面貌死掉的莎麗王，叛軍首領將其擁入懷中。

「妳不知從哪裡知道了愛莉莎維爾的資料，並以此接近莎麗王，博取國民的信任——」

「妳只是個假裝成愛莉莎維爾轉世的大騙子！」

聽到叛軍首領的斷言，芍凜露出了得意的笑容。

「那麼，可以讓我們談談今後的合作事宜了嗎？」

芍凜向叛軍首領伸出了手。

「讓我們一同奪取這個國家吧。」

叛軍首領抛起手上的頭顱，用沾滿鮮血的手握住了芍凜的手。

就在這一瞬間——

我看到芍凜抬起頭來，朝我和白鳴鏡的方向看了一眼，露出意味深長的微笑。

時間很快就到了隔日凌晨。

從空中賭場下來後，我們一行人踏上歸途。

一開始來到「莎」這個國家時，我們被這邊的熱鬧情景給迷惑，並沒有仔細察看。

但目睹剛剛的交易後，我和白鳴鏡注意到了在繁榮背後的陰暗。

在沒有人看到的暗巷中，躺著因酒醉和吸食毒品而倒在地上的人。

當然，也有搶劫和強暴等不受控的暴力事件發生。

但當這些犯罪發生後，別著「右」之胸章的黑西裝男就會出現，制止這樣的行為，接管秩序。

籠罩「莎」的黑暗比我們想得還要巨大。

人民沉淪於「右」所提供的快樂中，不可自拔。

現在的「莎」已是一腳踏入棺材的垂暮老人，可以說任憑「右」宰割。

「而且……現在的情況更加雪上加霜。」

王已死，而身為繼承人的公主則暗中和「右」接觸。

在剛剛的交易中，芍凜最後瞄了我一眼。因為只有短短一瞬，所以我也無法肯定是不是我多心了。

在歸途中，她表現的就和平常一樣，就像不知我和白鳴鏡目睹了什麼。

回到「莎」的宮殿後，莎麗王理所當然地不在王位上。芍凜找了個藉口離開我們身邊，白鳴鏡隨後追了上去。

為了怕白鳴鏡有什麼不測，我偷偷跟在他們後頭。

「凜凜。」

在因為無人打理而荒廢的宮殿庭園中，白鳴鏡叫出了芍凜。

「什麼事，哥哥？」

芍凜轉過身來。

銀白色的月光灑落在她身上，混著周遭長長的黑色樹影，讓她有種不穩定的搖晃感。

「妳……」

白鳴鏡先是靠近了幾步，但他接著就像是因為恐懼而停下了腳步。

「妳究竟……是誰？」

「哥哥在說什麼呢？」

芍凜露出平常的笑容說道：

「我是從小和你一同長大的青梅竹馬，沒有血緣關係的妹妹，也是之後會和你共度一生的未婚妻啊。」

「但是，我總覺得妳似乎像是另一人。」

「那是因為我是愛莉莎維爾的轉世，擁有她的記憶和人格。」

「這也太奇怪了吧？」

白鳴鏡搖了搖頭說道：

「妳至今為止從沒展現過這一面，突然跟我說妳的身體中寄宿著另一人，這怎麼想都太過超現實——」

「我展現了哪一面呢？」

芍凜打斷了白鳴鏡的話問道：

「吶，哥哥，你是不是看到了什麼……讓你覺得我不是芍凜的畫面呢？」

雖然臉上掛著微笑，但芍凜的眼中完全沒有笑意。

「你看到了吧？哥哥。」

貼近到白鳴鏡面前，芍凜從下方觀察著他的反應。

「你看到了我將莎麗王的頭顱獻給叔叔的畫面，對吧？」

「……妳果然殺了莎麗王嗎？」

「是啊。」

芍凜從懷中掏出手機，拋向白鳴鏡。

「我還將這一切錄了下來，很棒吧。」

手機上頭播放的，是芍凜將昏迷的莎麗王砍下頭的過程。

「真是的～運氣真差～」

芍凜有些無奈地攤了攤手說道：

「我在交易那時就感受到奇怪的視線，沒想到竟然是哥哥你們。」

「我認識的凜凜不會做這樣的事……」

就像是要站不住腳，白鳴鏡的身體有些搖晃。

「妳究竟……是誰？」

「我不是說過了嗎？」

在暗沉的蒼白月光中，她微微笑道：

「我是愛莉莎維爾轉世後的芍凜啊。」

「……………………」

沉默不斷持續。

這股寂靜更增添了這個空間的詭譎感，讓人有些喘不過氣來。

「確實，轉世這種事是很難證明的。」

芍凜看著自己身下的影子說道：

「就算說出只有愛莉莎維爾才知道的事，那也不能當作絕對的證據，畢竟有可能她藏了一本日記，或是將至今為止的一切記錄在某處。」

「所以，妳果然是在某個地方獲取了資料──」

「但是，我確實是愛莉莎維爾沒錯。」

摸著手上的皇冠戒指，她輕聲說道：

「為了拯救『莎』，我願意做任何事。」

「妳說的跟做的根本就不同！」

白鳴鏡大吼道：

「如果是為了拯救『莎』，那為何要殺掉自己的母親？又為何要和叛軍首領進行交易。」

「哥哥，你該不會認為不犧牲任何人，就能拯救一個國家吧？」

「…………」

「這個國家現在已是病入膏肓，完美大結局的可能性已經不復存在。」

「……所以，妳才去找叛軍首領交易嗎？」

「是啊。」

芍凜抬頭看向黑暗的空中。

「若是就這樣被叔叔統治，想必會有一場大屠殺吧，他會挾怨報復，將八年前反抗他的人一個一個找藉口殺掉，然後用軍事力量實施恐怖統治。」

「妳是為了阻止他，才假意和他合作的嗎？」

「我阻止不了他。」

「…………」

「力量實在差得太多了，我能做的唯有保有自己的一席之地，在他之後統治的恐怖世界中，努力守護我力所能及的人。」

「那樣的未來，根本就是地獄啊……」

只能看著悲劇在眼前不斷發生，然後悄悄地在悲慘之中製造一絲笑聲。

「妳真的甘心邁向這樣的結局嗎？」

「那麼哥哥，你說我還能怎麼辦呢？」

芍凜以愛莉莎維爾的動作順了順耳際的頭髮，以芍凜的臉露出了無助的笑容。

「若是不由我來，還有誰願意為這個國家做點什麼呢？」

「可以拜託海溫先生──」

「那個人若是沒有利益，是不會行動的。」

就像聽了什麼好笑的事，芍凜輕笑道：

「他是最忠於自我的存在，只會為自己的信念和準則行動，從八年前就是如此。」

「但是，他八年前，不是確實拯救了這個國家嗎？」

白鳴鏡握緊拳頭說道：

「他打倒了所有叛軍，將妳和我從絕境中拯救了出來。」

「那是因為他貪圖叛軍那邊的財寶。」

芍凜毫不留情地將真相點了出來。

「…………」

「而且，他一不小心在猜拳中輸給了愛莉莎維爾，不得已只好幫忙她拯救大家。」

出乎意料的真相，讓白鳴鏡的臉色一片蒼白。

「哥哥。」

芍凜用手撫著自己的胸膛問道：

「在你眼中，現在的我究竟是誰呢？」

「妳、妳……」

混亂至極的白鳴鏡雙手抱著頭，不斷後退。

「哥哥，請你正視眼前的我吧。」

芍凜走到白鳴鏡面前，抬頭望著他。

「我一直是那個可以為你奉上一切的芍凜，就算混雜了愛莉莎維爾的成分，我的存在依舊不會改變。」

「不，妳說謊……混雜了另一人，那又怎麼可能和原本相同？」

以沙啞至極的聲音，白嗚鏡指著她手上的皇冠戒指說道：

「為了國家的愛莉莎維爾——以及為了我而行動的芍凜，妳的行動邏輯很明顯矛盾了。」

「我說過了，我們兩人並沒明確的區分，兩人的記憶和人格混雜在一起，才是真正的芍凜。」

芍凜拉著白嗚鏡的手，將其放在自己的胸口上。

「拯救國家和滿足哥哥的願望，這兩者可以同時做到。」

「妳在說什麼，這怎麼可能——」

「『並不是因為特別，所以大家追隨王，而是因為所有人都追隨他，它才有了成為王的資格。』」

芍凜說出了莎麗王曾說過的話。

「對已經徹底沉淪的人民，需要一記當頭棒喝。」

原來如此啊。

聽到此處後，我終於明白芍凜想要做什麼。

從目睹她和叛軍首領的交易後，我的心中一直對此有所疑惑。

就算是為了投誠，也不用這麼急著殺害母親。

更精確的說，她不用在我們這些「左」的人在場時做這些事。

因為只要等一星期後過去，我們就會離開這邊。

而且，她也不需要將殺害母親的過程親手錄下來。
這一連串的不合理行動只有一個解釋。
——她是故意的。
挑選這個時機將母親抹殺，並記錄。
她即將實行的計策，遠超一般人類的想像。
那之中毫無任何救贖可言。
「看來……她真的是愛莉莎維爾的轉世……」
因為這樣殘酷又悲傷至極的豪賭，就跟八年前一模一樣。
「只要讓人民『意識到右是個可怕的存在』，『右』奪取國家的計畫就不會成功。」
芍凜想要讓「右」變成人民無法追隨的存在。
但是這並非易事。
所以，她將自己化身為劇毒，然後再將這個毒投入到「右」裡頭。
「『莎』的繼承人被『右』蠱惑，殘忍地殺害母親，最後還和『右』合作想要一同奪取這個國家——當看到這個劇本時，不管是誰都會意識到『右』的危險性吧？」
「妳接著……打算將影片和交易的事刻意洩漏出去嗎？」
「沒錯，哥哥果然很聰明呢。」
「可若是這樣做，妳不是會被所有國民視為敵人嗎？」
「就是這樣才好。」

芍凜按住白鳴鏡的手，讓其陷入她胸口更深。

「要是此時出現了一個人，給予公主這個惡人制裁，想必會得到大家的擁戴吧，以此為契機，說不定大家會因此清醒過來。」

「該、該不會，妳是要——」

「哥哥，你不是一直夢想成為特別之人嗎？」

露出淒愴無比的笑容，芍凜輕聲說道：

「現在就是這個時機，請你成為英雄，拯救這個國家——」

「在所有人面前殺掉我吧。」

芍凜剛剛的話，讓我想起了過去的往事。

八年前，我被一封暗號信喚到了「莎」之國。

身為白色死神的我專職護衛任務，在世界各地雲遊，接觸了不少大人物。

在那之中，深切瞭解我本性的人並不多。

不過「莎」之國的先王是個例外，或許是他人生閱歷足夠，也或許是他們家族長年在王權中打滾，他一眼就看穿了我無可救藥的個性。

他與我約好，只要有賺錢的機會就會用專用通訊機通知我。

只是當我抵達「莎」之後，我發現國家裡頭開始內亂。

雖暫時休兵，但是先王已經駕崩。

「奇怪……那是誰叫我來的呢？」

照理說，這個暗號只有先王知道啊。

我四處在王宮中探詢，得知了呼叫我的人應該是王儲愛莉莎維爾，而那時的她已被叛軍抓去當人質了。

「真是傷腦筋……」

坦白說，那時的我已經開始嫌麻煩了。

當得知愛莉莎維爾只有八歲時，打退堂鼓的念頭更加強烈了。

但我轉念一想。

若不是誤觸的話，就表示她把我這個殺手鐧留到了這個時候。

抱著見個面也無妨的想法，我扮成了叛軍的模樣，潛入關著他們的監獄中。

「你來啦，白色死神。」

明明是初次見面，但她一眼就看穿了我是誰。

「很榮幸見到你。」

即使身在骯髒的牢房中，愛莉莎維爾仍能保持高雅的儀態。

或許也是因為如此，在黑暗的牢獄中，總覺得她身上還是散發著一層朦朧的光。

「本來我還有些懷疑……」

我卸下身上的叛軍偽裝說道：

「但找我的人肯定是妳。」

其他牢房中關著兩個和我們年齡相仿的孩子，或許是因為長久的監禁太耗損身心，除了愛莉莎維爾外都喪失了意識。

「白色死神，你還願意接受委託嗎？」

「只要價錢合宜的話，不管是誰我都願意保護。」

「那麼，你願意保護這個國家嗎？」

「不願意。」

我斷然拒絕。

來這邊之前，我就已經把這個國家的狀況給探聽清楚了。

「從以前開始，我保護的對象就一直是人。」

就是為了不成為真正的敗類，所以我謹守著自己的準則而活。

「我的能力，僅能保護一人。」

我從不奢望自己能保護更多人。

「那麼，你願意保護我嗎？」

「我剛說了，只要價錢合宜，我願意保護任何人。」

「那麼，請保護我吧。」

愛莉莎維爾接著說出了許多隱密的情報。

包含王室的隱藏資產，以及叛軍存放財產的位置。

「這些應該足夠了吧？」

「沒問題，我接下這委託了。」

我點頭示意契約成立，但我緊接著說道：

「但是，我不會因為妳而拯救誰。」

「……」

「我會馬上將妳帶離這個國家，讓這個國家自生自滅。」

「這對我來說，真的算是保護嗎？」

愛莉莎維爾說道：

「身為公主，我的身和心有一半是屬於這個國家的。」

「我只能保護妳的身體，但我無法連妳的心和人生一同保護。」

我閉上眼說道：

「像我這樣的人，沒資格承擔他人的人生，也無法帶給他人幸福。」

「你認為自己是怎樣的人呢？」

「我不需要向妳解釋這點吧，這跟護衛任務無關。」

「那麼，若是哪一天出現珍愛你的人，那你會如何？」

「……………」

我沉默了一會兒後，淡然說道：

「但願這一天永遠不要出現。」
因為愛上我必定是種不幸。
「看來我們似乎很合得來喔。」
愛莉莎維爾喀喀笑道：
「因為我也是這麼期望的。」
我一邊用手上的刀斬斷綁著她的鐵環，一邊瞄了她一眼。
難以判斷她到底是真心這麼說還是為了籠絡我才這樣說。
真是古怪啊。
明明是個八歲孩子，卻有種比久經沙場的大人還複雜的氣息，讓人無法一眼看穿。
「就是孤身一人，所以才能無所顧忌的行事，對吧？」
愛莉莎維爾一邊歡快地笑著，一邊撿起地上尖銳的鐵片，往自己的脖子上一劃——
「——！」
馬上反應過來的我，一個手刀打落她手上的刀子。
「接著是……」
愛莉莎維爾將身子往後一拉，使盡全力地將頭往牆壁一撞。
「妳到底在做什麼！」
我趕緊用身體將她前衝的身體擋住。
「做什麼……自殺啊。」

愛莉莎維爾掩嘴笑道：

「我早就決定要跟這個國家共存亡了。」

「妳這傢伙……是想拿自殺威脅我嗎？」

「是啊。」

「…………」

「任務成功率百分之百，能保護委託對象遠離任何外來威脅——」

愛莉莎維爾露出燦爛的笑容說道：

「那麼，若是敵人就是委託對象，你會做出怎樣的選擇呢？」

她每次的自殺都是認真且毫不猶豫的。

只要我稍有不慎，她的自殺就會成功。

坦白說，這是我擔當白色死神後第一次遇到的類型。

因為有活下去的慾望或是念頭，才會進行護衛的委託。

沒有人是不想活而委託他人保護的。

「既然這樣……」

我悄悄從懷中掏出針筒。

首先用藥將她變成活死人，然後再慢慢說服她吧。

「這是沒用的。」

看穿我想做什麼的愛莉莎維爾說道：

「不管過多久時間，不管身處怎樣的情景，只要『莎』不復存在，我一有機會就會自殺。」

「……人是會變的，說不定之後妳這樣的念頭就會打消。」

「那麼，你要陪伴我這麼久嗎？」

「……」

「你不是不想承擔他人的人生，也不想帶給他人幸福嗎？」

「…………………」

總覺得步步被箝制，讓人十分不快。

「妳就不怕我放棄護衛任務，就此丟下妳不管嗎？」

「當然怕啊，要是你真那麼做，我就束手無策了。」

愛莉莎維爾伸手將自己身上的塵埃拍掉後說道：

「但我必須賭上這把，看來傳聞是真的啊，你的任務成功率必定是百分之百，你依循這樣的驕傲而行。」

我還是第一次被看穿到這個地步。

就連跟我共事許久的人都做不到這種程度。

「那麼，妳要怎麼做才會放棄自殺，乖乖讓我保護呢？」

我掃去一開始的隨意心態，打起十二萬分精神去應付她。

「我要你殺一個人。」

「我拒絕，我是隨扈，並不是殺手。」

「不，唯有『殺掉一個人』，你才能真正保護我。」

愛莉莎維爾緩緩說出了她的計畫。

她即將實行的計策，遠超一般人類的想像。

那之中毫無任何救贖可言。

「……我還是不能接受。」

我搖了搖頭說道：

「這根本是豪賭，妳無法保證一切都會依照妳的想像演變。」

「那麼，這場豪賭會不會成功，就由賭博決定吧。」

愛莉莎維爾對我舉起拳頭說道：

「白色死神，請你和我猜拳吧。」

「猜拳？」

「是的，要是你輸了，就答應我的請求。」

「妳要知道，我這輩子在猜拳上可沒輸過喔。」

這並非虛張聲勢。

只要用動態視力捕捉，就能預判對方接著打算出什麼拳。

所以所謂的猜拳，對我來說是必勝的遊戲。

「那麼，要不要試試看呢。」

「…………」

「未嘗敗績且無敵的你——」

愛莉莎維爾露出自信的笑容問我道：

「要不要嘗試看看徹底輸給一個人的滋味呢。」

「……我先確認清楚，這是普通的猜拳嗎？」

她胸有成竹的態度，讓我不由得起了防備之心。

「是的，沒有任何特殊規則，不過為了以防萬一，還是得設置一些禁條。」

一、一局定勝負。

二、禁止暴力行為。

三、要是一方陷入無法猜拳的地步，則另一方直接判輸。

「畢竟我面對的是鼎鼎大名的白色死神，小心一點也是正常的。」

愛莉莎維爾輕笑道：

「若不這樣限制你的行動，你輕而易舉就能將我擊暈，然後贏下這場勝負。」

「就算不這麼做，我也會贏的。」

「是這樣嗎？」

手抵著嘴脣，愛莉莎維爾煞有其事地說道：

「接著的猜拳……我會出布喔。」

「這種心理戰對我沒用。」

我只會專注看著妳的動作，預判妳的下一步。

「真是可惜，本希望能多少動搖你一些的。」

愛莉莎維爾舉起拳頭，對著自己的嘴巴哈氣。

「那麼，開始吧，剪刀、石頭、布——」

勝負在一瞬間就結束了。

事後回想。

愛莉莎維爾嘴上常掛著「賭博」或是「豪賭」之類的詞，但是她沒有一次是真的在和人對賭。

觀察他人、做好準備，進而算計他人。

她說得沒錯，她和我是同一類人。

都是為了結果而不擇手段的人。

——啪嚓。

過於出乎意料的舉動，讓我來不及阻止愛莉莎維爾。

只見她拿起地上的刀子，將自己右手的食指和中指切掉。

「再來是左手～～」

面不改色的她，用血如泉湧的右手抓起刀子，將左手的食指和中指切除。

「好了。」

隨著刀子落到地上的匡噹聲，少了四根手指頭的愛莉莎維爾宣判了我的落敗。

「因為少了手指頭，我的手無法成布、石頭和剪刀的形狀，所以這場勝負是你輸了。」

「……………」

當她要切下左手手指時，我是來得及阻止她的。

但是我沒有那麼做。

看著即使雙手鮮血淋漓也面帶微笑、昂然站立的愛莉莎維爾，我不禁低下了頭。

「是我輸了。」

即使做到這種程度也要勝過我，拯救這個國家和人民——

「接著，我會依照妳的期望——用殺人的方式保護妳。」

這樣的她，讓我不禁心生敬意。

幕間　白鳴鏡的過去・六

「啊……」

我——白鳴鏡究竟昏迷多久了呢？

跟愛莉莎維爾談話後，那過於衝擊的事實讓我的身心備受折磨，不知在何時喪失了意識。

「不過……」

好溫暖啊。

眼前的背影明明不寬大，卻帶給我彷彿父親一般的溫暖。

「我在……作夢嗎？」

幾乎看不清任何事物的視野中，似乎捕捉到了一個白髮少年以公主抱的方式抱著芍凜，然後背著我向前奔跑著。

「真是的……那個公主真會使喚人，一直叫我做超出本職工作以外的事。」

身前的白髮少年嘆氣說道：

「不過這也沒辦法，誰叫我輸給她了呢。」

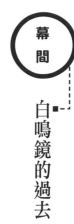

明明認輸了，但白髮少年的表情卻顯得很開心。

不知是因為作夢還是處於極限狀態，我理解了眼前之人的心情。

……是這樣嗎？

他一直希望自己不是特別的。

想和大家一樣——想成為普通人。

想擁有平淡的幸福。

「但是我不同……」

我擁有著普通人羨煞的幸福。

就是因為這樣，所以我才想變得特別來回報他們。

如果我是英雄，我就擁有了改變事態的力量。

不管是父母、芍凜還是愛莉莎維爾，大家都不會做出艱困的選擇。

「我、我……」

如果是作夢，那麼展現一下懦弱的一面也無妨吧。

「我好想守護自己珍愛的人啊……」

流出的淚水沾溼了白髮少年的背，讓他不禁停下腳步。

「真是傻瓜啊。」

在朦朧的夢中，似乎注意到什麼的白髮少年回過頭來。

「不管我守護了多少人，我都無法帶給他人幸福。」

輕撫著我的額頭，他輕聲說道：

「就是你這樣的平凡人——

「才能真正守護他人的人生啊。」

那或許真的是夢吧。

等到我再度醒來後，我和芍凜都已回到了飛機上。

經過父母悉心的照料後，我們很快地就恢復了健康。

而再過了幾天，震驚「莎」全國的事件發生了。

記得後來歷史是這麼稱呼這天的——

「血之繼承日」。

身為叛軍首領的愛莉莎維爾叔叔，在全國轉播中，先是將愛莉莎維爾安到王位上，

接著再一刀一刀地凌遲、脅迫，威脅愛莉莎維爾即刻將王位讓給他。

「我的天啊……」

每個看著轉播的人民，都不由得摀嘴說出這樣的感想。

愛莉莎維爾的悽慘叫聲在全國迴盪。

過於殘酷的景象，甚至讓不少人吐了出來。

叛軍的士氣因首領的失控行為而大減，群情激憤的「莎」之國民，以前所未有的強勢態度發起了抵抗，迅速平定了反亂。

「鳴鏡。」

看著螢幕顯示畫面的父親深深嘆了口氣說道：

「看來我們能平安回家了。」

他的表情完全沒有得救後的喜悅。

這也是當然的。

我們是以愛莉莎維爾的悲鳴和鮮血做為代價，才換得了最後的自由。

「為什麼啊……」

看著癱在王座上，連雙手手指都不齊全的愛莉莎維爾，我雙手緊抓著顯示器。

「妳不是已經看透一切了嗎？甚至還不惜利用我和芍凜……」

那麼，為何還落到如此可悲的結局？

「鳴鏡！快閃開！」

沉浸在震驚的我，並沒有注意到周遭的異變。

——砰！

隨著一聲巨響！

飛機的門被炸開，將我撲倒的父親被襲來的碎片打到，倒臥在了地上。

「混帳東西！」

從濃厚的爆炸聲響中，叛軍首領闖了進來，狼狽得就像是剛剛仍被囚禁一般。

「都是你們這群小鬼在礙事！」

「咦？咦？」

驚訝的我指著他說道：

「你剛剛不是還在王座那邊凌虐愛莉莎維爾嗎……？」

「啊啊！就是這樣！不管是誰都是這麼認為！」

叛軍首領煩躁的抓著頭髮吼道：

「這就是那傢伙的計策，竟然可以找到這樣的高手，做到讓誰都不懷疑那人是我。」

也就是說……

真正凌遲愛莉莎維爾的人並不是叛軍首領，而是某個假扮他的人？

「不過那些都不重要了！一切都毀了！」

叛軍首領的雙眼中布滿血絲。

「既然這樣，至少要把你們拖到和我相同的地獄！」

他對著我舉起了槍。

「我要把愛莉莎維爾珍愛的人全都殺了！」

——**「我這種人還是不要有朋友比較好。」**

看著對準我的槍口，我腦中響起了愛莉莎維爾曾說過的話。

接下來的一切彷彿都變成了慢動作。

我看到了子彈伴隨著火花，以螺旋狀高速朝我飛來。

「哥哥——！」

身旁衝出一個人影，擋在我的身前。

——噗！

子彈貫穿芍凜的胸口，噴出了鮮血。

第七章 要是連轉生都不會，那當個隨扈可是活不下去的

剩餘報酬：90億

身為白色死神，經歷過的人生實在太過壯闊波瀾，讓我直到現在才想起來。

原來我在八年前，就已經和芍凜和白鳴鏡有過牽扯。

不過這也不能怪我。

「莎」的事件雖然浩大，但在我的人生只占極小的一部分。

那時的我，可是成天和食慾及無名那種怪物周旋，哪有心思去注意偏遠小國的事呢。

我只是不斷地在完成任務的過程中努力求生，最終抵達了雙之島，接下「LS任務」而已。

但即便如此，敗給愛莉莎維爾一事也是令我無比印象深刻的事。

在她的要求下，我做了許多超出隨扈本職的事。

先是將叛軍首領給監禁起來，接著再扮演他的模樣操弄叛軍，最後在全國轉播上凌虐愛莉莎維爾。

想讓叛軍失去支持，也想讓國家的人將叛軍視為可怕的存在。

所以如今的「右」才必須大費周章地從空中賭場灑錢。

他們並不是「想」這麼做，而是「必須」這麼做。

經過「血之繼承日」後，「莎」的國民想必對外來勢力非常反感吧。

要是不花費以年為計的時間蠶食國民的意志，想必是不可能奪取這個國家的。

而芍凜反制的計策，和八年前如出一轍。

擁有愛莉莎維爾記憶的她復刻了上次的狀況。

和「右」聯手的她殺掉了莎麗王，準備以此畫面喚起國民過去的創傷和反抗心。

「不過這些都不重要了。」

對現在的我來說，有更需要解決的煩惱。

那就是——

「呵呵～」

左歌一臉得意地笑著。

「呵呵～」

「……妳是要笑多久？」

「沒辦法，我控制不了我的表情。」

在芍凜和白鳴鏡的深夜談話後，白鳴鏡失魂落魄地回到了房間中，而芍凜則不知去了何方。

此時，賭得太開心，導致晚搭我們幾班飛船的左歌終於回到了ＶＩＰ房中。

我、左歌、白鳴鏡三人待在客房中，相較於一臉陰鬱的白鳴鏡，左歌完全不看氣氛地哼著歌。

「唉呀～雖然早就知道我贏定了，但真的贏了賭約還是挺開心的。」

發生了太多事，讓我一時間忘了和左歌的賭博勝負。

等到回過神來，此番打賭已結束，毫無翻盤的餘地。

「呵呵～接著要請你們兩個做什麼好呢？」

坐在椅子上的左歌搖著雙腳。

「本小姐果然有著賭博的天分，不，應該說是勝負師的直覺吧。」

「別說直覺了，妳這應該是毫無自覺吧。」

我嘆了口氣說道：

「本金從十萬變成十萬零五元……真虧妳還能有臉說自己是勝利者啊。」

「嗯？」

左歌將手張在耳朵後方說道：

「剛剛是不是有『輸掉的人』在說話啊？」

「……」

「你也別難過，只要下次贏回來就好——前提是你辦得到。」

「…………」

「放心啦，我這個人的肚量很大的，絕對不會記恨過去你對我做過的事，對你這個『輸家』、『敗者』和『向神發起有勇無謀之戰的人』，我絕對不會做太過分的事，最多就只是叫你向我磕頭哭著認錯而已。」

若說輸給愛莉莎維爾是最讓我印象深刻的事。

輸給左歌就是讓我最為火大的事。

看著左歌抬起下巴的驕傲模樣，我要是不咬緊牙關忍耐，拳頭就要揮過去了。

「都不知道我們剛剛過得有多辛苦……」

要不是剛剛發生太多事，讓我完全沒時間去顧及賭約，我怎麼可能會輸。

先是和食慾戰鬥，看到白鳴鏡全裸的模樣，接著又掛在飛船上搖搖欲墜，看到白鳴鏡全裸且搖晃的模樣，最後又意外目睹了芍凜和叛軍首領的交易，讓我必須讓身體和全裸的白鳴鏡緊密貼合，緊緊地壓住他——

咦？剛剛的辛苦是不是有一半是和白鳴鏡有關？

「……………」

我轉頭看向身旁的罪魁禍首，卻發現他低著頭，就像完全喪失了語言能力。

「白鳴鏡從剛剛開始怎麼不發一語？」

左歌有些擔心地看著白鳴鏡說道：

「別擔心，我不會以此要脅，對你做什麼過分的事的。」

誤會白鳴鏡是因為擔心輸掉賭約之後必須支付的代價，心軟的左歌馬上收起囂張的模樣。

「這樣好了，你眨一下眼睛——好，我收到了，從此我們兩不相欠。」

這會不會太簡單了？

「那個……我的話也要——」

「你不行。」

左歌斷然拒絕。

「你的部分我要好好想想。」

「……算了。」

我想了想後，將此事拋在腦後。

「諒妳這個膽子跟色心成反比的傢伙，也不敢做什麼過分的要求，當初就是算準這點才跟妳立下賭約的，反正不管輸贏我都不會怎麼樣。」

「……我看你是很想現在去裸奔囉？」

「有種就現在下這個命令啊！」

我和左歌互揪領子！

「左歌老師……」

此時，白鳴鏡突然發言了。

「請讓我和海溫先生獨處一下。」

「……嗯？」

「不好意思，但我想跟海溫先生好好談一下。」

「那個……我在場不行嗎？」

「抱歉，這是僅屬於我們之間的事。」

「雖然我不知道是不是我想的那樣……」

左歌吞了口口水，有些緊張地說道：

「該不會……跟終身大事有關？」

「是的，確實如此。」

白鳴一臉嚴肅說道：

「這次的談話，會影響我究竟要不要結婚。」

「…………………………………………」

我本來以為，左歌會跳起來歡呼，一邊流口水一邊說「不只是攻而且是強攻嗎？最好給他攻破蒼穹」之類的話。

但是，她的表情十分複雜。

先是和平常一樣開心地笑了一下，接著馬上皺了皺眉頭，像是心情很惡劣的樣子。

可能是察覺到自己的心情變化得如此迅速，她不解地歪了歪頭。

「我明白了。」

左歌點了點頭，轉身準備走出房間。

「接著你們就兩個人～～～好好暢談吧。」

妳的語氣怎麼聽起來有些不爽？

「喂。」

在經過我身邊時，她低聲說道：

「別被他的家世給迷惑，一時衝動答應他了，這樣對他太不負責任了。」

看來左歌果然是誤會了。

白鳴鏡說的婚約對象指的是芍凜，但左歌大概誤以為他要跟我告白和求婚了吧——不對，他早就求過婚了，只不過那時的我是奈唯亞。

「我答不答應他，跟妳沒關係吧。」

但也不用澄清什麼，畢竟這是個可以利用的好機會。

「總之不准答應就是了。」

左歌有些鬧脾氣地噘起嘴角說道：

「我好歹是老師，不能看著自己的學生陷入不幸。」

「要是妳用賭約命令我，我也不是不能拒絕他啦——」

「我用。」

「咦？」

本以為左歌會猶豫或是罵我卑鄙無恥，我不禁愣住。

「我要用，總之你不准因為一時衝動，或是想要利用他家的資產和心意而答應白鳴鏡。」

左歌別過臉去，不知為何有些黯然地說道：

「不過……若是你真的喜歡他，那答應他也無妨。」

「嗯。」

被她一瞬間流露出的悲傷情緒感染，我順從地點了點頭。

「總之就這樣。」

也不知是不是想要逞強還是掩飾什麼，她面無表情的以女僕的姿態向我們行了一禮，快步離開了房間。

「海溫先生……」

在僅剩兩人的房間中，白鳴鏡雙手蒙著臉低聲說道：

「我現在湧現的心情……究竟是正確還是錯誤呢？」

「若你是我……你會殺了芍凜嗎？」

我從不指導他人。

因為我不覺得自己有指導他人的資格。

但是，曾有一句話是這麼說的。

身為教師的人分成兩種。

一種是以自身的正確去指導人——

另一種則是以自身的錯誤讓他人引以為戒。

「如果你不想殺，那我代替你將芍凜殺掉吧？」

「……」

聽到我這麼說，白鳴鏡身子一抖。

「反正殺人對白色死神就像是呼吸一樣簡單，只要我扮成你的模樣將芍凜殺掉，那一切就圓滿解決了。」

「扮成……我？」

「我能扮成任何人。」

就像是要展示給他看，我拿起床上的棉被丟到空中，然後在被單遮蔽我身形的瞬間，換成了叛軍首領。

「所以八年前的事件，那個『血之繼承日』……」

「是我做的，也是我將愛莉莎維爾虐殺至死的。」

「……」

「你一直在崇拜的就是這樣的人喔，為了任務可以不擇手段。」

我無數次想過，應該在什麼時候揭露真相。

現在就是最適合的時機——也是最能傷害他的時刻。

「奈……」

在不可置信的他面前，我再度更換服裝，換成了他熟稔無比的那人。

「奈唯亞……？」

「真是傻啊。」

我露出嘲弄的笑容說道：

「竟連我和海溫是同一人都不知道，被耍得團團轉就算了，竟還向我求婚和告白，都不知道我暗地笑得多開心。」

「…………」

不知是打擊太大還是資訊量過大，白鳴鏡跌坐在地，一言不發。

很好，這樣就好。

這樣他對奈唯亞的戀心就會死了吧。

「就是靠著堆疊屍體和傷害他人，我才得到了白色死神的名號。」

這其中不具任何正面的意義——

「也不值得你崇敬和效法。」

「我一直在追求的……其實是一場空嗎？」

「打從一開始，你就不是在追求任何人。」

我一字一句，以白鳴鏡絕對聽得清的緩慢語調說道：

「你只是在追求『自己的理想』罷了。」

那不過是一種錯覺。

「你過去八年的累積毫無意義。」

聽到我這麼說，白鳴鏡的臉「唰」的一聲變得慘白。

「但為了你自己的幻覺，你將身旁的人全都捲了進來，所以我才說你自私無比。」

以奈唯亞的姿態，我以藐視的視線居高臨下地看著他。

「你只是個想要自我滿足，又沒做好任何覺悟的半吊子而已。」

若是言語有形體，那想必能化作刀劍傷人吧。

我彷彿看到了白鳴鏡被我的話所刺傷，露出了痛苦至極的表情。

「別再踏足裡世界了，連現實和理想都搞不清楚的傢伙，只會給人造成麻煩。」

我轉身走出房間，將跪倒在地的白鳴鏡拋在身後。

「就像個平凡人，躲在房間中等到事件落幕吧。」

就像早就料到會變成如此。

遠離房間的我雖是奈唯亞姿態，但等待已久的芍凜卻露出了看穿一切的笑容。

「辛苦了～」

她掩嘴笑道：

「竟然費心在哥哥面前扮演壞人的角色。」

「說什麼呢……我本來就是壞人。」

「是這樣嗎？」

芍凜歪著臉從下方打量我說道：

「明明說著這樣的話，卻一臉懊惱的模樣？」

「……我的表情看起來是這樣？」

「是啊。」

「……」

眼前的人雖是芍凜，但給人的感覺完全是愛莉莎維爾。

她和我一直是同類。

那麼，也沒有必要去隱瞞什麼。

「真是的……白鳴鏡那傢伙。」

我抓了抓頭，將心中的不耐吐出來。

「都不知道我有多羨慕他。」

「怎麼說？」

「在裡世界生活的第一條，那就是『凡事只考慮自己』，而這樣的守則中，沒有第二條和第三條。」

「也就是說，這是唯一一條？」

「沒錯。」

我點了點頭說道：

「恣意地將『為了自己傷害他人的慾望』揮灑，將這點做得越好的人就越強。」

為了貫徹繼承，「無」將無數孩子化作了犧牲品。

為了吃盡天下之物，食慾改造自己，甚至不惜投入當初將她變成如此的戰爭之中。

「但是白鳴鏡從未這麼做過。」

我嘆了氣說道：

「即使只是虛妄，他也有無數的機會，成為他所嚮往的英雄。」

只要順著芍凜的要求將她殺掉，再藉助「左」和親衛隊的力量率領國民，驅逐空中飛船就好。

「要是你的話就會這麼做，對吧？」

「畢竟妳都鋪好路了，這確實是犧牲最小的方式。」

為了錢和任務不擇手段，即使讓身邊的人陷入不幸，白色死神也不會有絲毫的罪惡感。

「但是白鳴鏡太過善良，他的行動總是缺少了自我的慾望，甚至連不認識的人都會對其付出關心。這種天真的普通人，是不能讓他踏足裡世界的。」

「如果你真的這麼不屑，那為何又要羨慕他呢？」

「因為就是這樣的人，才能帶給他人幸福啊。」

「……」

「人類需要的並不是什麼食慾、也不是繼承或是轉生之類的特殊能力。」

看著遠方，我的腦中浮現了愛莉莎維爾最後的微笑。

「人類所需要的——

「——只是一個能安心待在他身邊的對象。」

「原來如此。」

愛莉莎維爾嘆了口氣說道：

「而我們倆都已不具備這樣的資格，對吧？」

「而白鳴鏡竟想親手丟棄這樣的自己，真是愚蠢之至。」

英雄拯救人們於災難之中，所以看起來非常帥氣。

但這是因為先有害死無數人的災難，英雄才會誕生。

平靜的日常，並不需要英雄。

「非日常因為特別，所以給了令人憧憬的錯覺，但這並非能享受其中的事物。」

「不過你也不能責怪哥哥。」

芍凜嘆了口氣說道：

「不是有一個因為憧憬太陽，所以用蠟做的翅膀飛上天空，最後被太陽融化摔死的神話故事嗎？」

「妳想說白鳴鏡之所以變成這樣都是我害的？」

「是的，就是你害的。」

芍凜毫不猶豫地肯定道：

「自從八年前和你相遇後，他就被你所吸引，人生軌道也大幅偏離正軌。」

踏足裡世界的領域，將再也無法回歸原本的生活。

「所謂的白色死神，就是裡世界的代名詞。」

「…………」

「不管是好的還是壞的意義，太過特別的你都會改變你所遇到的人，這也是為何你身邊的事件總是不會終結。」

過於眩目的陽光讓人心生親近，但也無法控制地毀滅靠近它的人。

「你和哥哥就像是極端的兩面，一個因為特別而追求平凡，一個因為平凡而對特別心生羨慕。」

「……白鳴鏡的話題說到這邊吧。」

和有著芍凜形體的愛莉莎維爾談話，確實帶給我一絲懷念的感覺。

但我不想繼續被芍凜剖析了。

「殺死母親，和『右』進行交易的妳，接著打算怎麼做呢？」

「你不是早就料到我要做的事了嗎？我要將『右』的危險性徹底揭露，只要『右』被認定為不可追隨之物，空中賭場就會消失吧。」

「那麼，該由誰殺掉妳呢？」

我看著面前笑吟吟的芍凜——不，愛莉莎維爾問道：

「妳早就料到白鳴鏡下不了手，那麼在妳的計策中，最後殺掉妳的人是誰呢？」

「誰都不會殺掉我喔。」

「嗯……？」

「白色死神，從八年前，我就好奇一個問題。」

芍凜順了順耳際的金髮。

「究竟是怎麼樣的人，才能擄獲你呢？」

「為何現在要突然提起這個話題？」

「是和你相同的存在嗎？是能打敗你的人嗎？還是能讓你無壓力相處的對象？」

芍凜露出期待的笑容說道：

「說不定，最終答案會完全出乎你的意料之外喔。」

「…………？」

心中起了異樣感，就像是要印證我那不祥的預感，芍凜繼續說道：

「你一直誤會一點了，白色死神。」

芍凜摸著自己手上的皇冠戒指。

「我並不是愛莉莎維爾。」

「事到如今妳還這麼說……」

「我說過了，最愛哥哥的芍凜和愛莉莎維爾混合起來，才是真正的我。」

她舉起手來。

「妳……」

看著通話開啟的手機，我有些不可置信的說道：

「剛剛我們在談話時，妳一直保持著通話狀態嗎？」

「沒錯。」

是在向誰洩漏通話內容？

不，這怎麼想都只有一個可能。

「海溫先生……不，奈唯亞。」

白鳴鏡的聲音從手機中傳了出來。

「謝謝妳剛剛那席話。」

「……………………………」

「我終於知道自己想成為怎樣的人了。」

語畢，通話迅速切斷。

「該死！」

本以為掌控好的對象又失去控制，我以最快的速度跑回ＶＩＰ客房。

應該在裡頭消沉的白鳴鏡不知何時消失了，只剩下空蕩蕩的房間。

「看來哥哥重新振作了，真是太好了。」

房門處傳來了芍凜開心的聲音。

「妳這傢伙……竟做出這種多餘的事。」

「這可不是什麼多餘的事喔。」

芍凜以有些苦澀的表情說道：

「為了哥哥的幸福，就算是將他推向自己觸及不到的遠處，那也沒關係。」

——嗡、嗡、嗡！

天空中傳來了奇異的警報聲。

我抬頭一看，只見遠處空中的飛船亮起了紅色的警報聲。

「看來哥哥上去空中賭場了。」

「他幹麼這麼做！」

「我怎麼會知道。」

「要是他因此死掉，那就是妳害的！」

「我相信他不會的。」

以愛莉莎維爾的狡黠笑容，芍凜緩緩說道：

「畢竟，他的身邊有著任務成功率百分之百的白色死神啊。」

「莎」的狀況十分嚴峻。

他們的王已經死亡，而早該死的叛軍首領並沒有死，而是暗中和「右」勾結，想要靠著金錢侵蝕人民，兵不血刃地奪取這個國家。

「但那些都跟我無關啊！」

我搭上開往空中賭場的飛船，心中非常著急。

「我只是帶白鳴鏡來進行裡世界的見習，然後為了十億報酬保護他而已啊，那些國家大事，以及『左』和莎麗王的交易，那都跟我無關。」

但是……為何事情變成如此？

只能說我那詛咒一般的體質又在作祟了嗎？

我一邊抱著頭懊惱不已，一邊進行各種事前準備。

順道一提，現在的我是奈唯亞形態加兔女郎裝。

因為只要一登上船，就會被食慾給逮個正著，所以我必須替換外表。

不過僅是這樣，對鼻子比野生動物還靈的她是一點用處都沒有的，我必須想個辦法洗掉身上的味道。

於是我脫光衣服——

將左歌因為汗水浸溼而替換下來的髒衣服，拚命在自己身上摩擦。

只不過在我這麼做時，一不小心被左歌給目擊了。

「就算是我……也沒有心胸寬大到能接受這樣的玩法……」

睜大眼睛看著將衣服撕成碎片並吞入肚中的我，她不知為何流出了血淚。

「但是，我更不能接受對這個變態景象有些開心的自己……」

不管左歌怎麼想都無所謂。

雖然採取了這樣的緊急措施，甚至穿上了她的舊內衣，也不能保證我不被食慾察覺真身。

我能自由活動的時間，頂多只有十幾分鐘吧。

只要這個時限一到，我就會被食慾追殺，喪失自由行動的可能。

「剛剛的警報聲究竟是什麼？白鳴鏡到底在打什麼主意？」

依照我對他的瞭解，他一定會想要拯救這一切。

但憑一己之力，是不可能阻止「右」的。

在白鳴鏡不在、芍凜的計策無法實行的現在，接著會變成如何呢？

「雖說他只是個普通人，但在裡世界的極限環境下，很多人都會因為某個契機，一口氣轉變成不同的模樣。」

而且，本來白鳴鏡的資質就不差。

只是一直在追求不存在的幻影，所以才導致一不小心走到了歪路，還對自己有了自卑情結。

「說不定他真的想出了什麼好主意突破現狀。」

我抬頭看著暗沉的天空。

「就讓我相信他的潛力吧。」

「——讓我死了吧！」

白鳴鏡脫掉上半身的衣服，上頭綁著炸彈。

「我被喜愛的對象拒絕，我已經沒有活下去的盼望了！讓我死了吧！」

飛船上的旅客擔心他自爆，所以都躲得遠遠的。

「小兄弟。」

可能是這種混亂每天都在發生吧，一個別著「右」之徽章的黑西裝男子靠近白鳴鏡勸說道：

「我知道你很難過，但這輩子誰沒失戀過呢，勸你還是快點走出來吧——」

「可是當我向她告白時，她並沒有跟我說他是男的啊！」

抱頭跪地吶喊的白鳴鏡，引起了大家的驚呼。

「而且我還抱著捨棄家族和未婚妻的覺悟，和這樣的她求婚和接吻了。」

「好吧，走不出來也是當然的。」

西裝男子同情地拍了拍他的背說道：

「要不要我幫你引爆炸彈？」

「…………」

你們在做什麼？真正想死的是我好嗎？

你這不叫蛻變而叫退化吧。

「不過即使要死，也請你換個地方。」

——滋的一聲！

西裝男子掏出電擊槍，從死角給了白鳴鏡一擊。

白鳴鏡「砰」的一聲倒地。

西裝男子指揮同夥將白鳴鏡給拖走。

「將他關起來，慢慢地拆除炸彈。」

躲在一旁的我屏息以待。

白鳴鏡這個舉動肯定是有意義的。

就算是我也看得出來，他是以自殺炸彈客的形式，吸引大家的注意力。

……

……………

……………

五分鐘後，被拆除炸彈和全部衣服的白鳴鏡被一群黑西裝男子抬了出來，丟到了賭場外頭。

「果然沒這麼簡單啊……」

全裸的白鳴鏡嘆了口氣說道：

「沒想到『右』的戒備如此森嚴，讓我完全無法得逞。」

「你在做什麼啦！」

我給了白鳴鏡一個飛踢，將他拖到沒人看到的暗處去。

「我、我竟然蠢到以為你真的有什麼不得了的計策。」

「我確實有啊，不過在那之前我有話說想對你說。」

白鳴鏡露出爽朗的笑容說道：

「兔女郎服裝很適合你喔，奈唯亞，簡直超級可愛。」

「你的神經到底是粗到怎樣的地步！現在根本不是說這種話的時候吧！」

我抓著白鳴鏡的雙肩不斷搖晃，我果然很不會應付這個人。

「凜凜的計畫核心很簡單，那就是讓國民認知到『右』有多可怕，但被金錢迷惑如此之久的國民要醒悟，單靠凜凜殺害自己母親的影片，根本就不足夠吧。」

「或許真是如此，但在現在這種絕望的狀況下，也只能將微薄的希望寄託在這個做法上了。」

「不，還有更好的方法。」

白鳴鏡繃緊臉嚴肅說道：

「只要製造更大的恐怖，讓人民意識到『右』是絕對不能追隨的就好。」

「怎麼做？」

「讓這個空中賭場墜毀。」

「……所以你剛剛綁著炸彈的愚蠢行為，就是為了達成這個目的。」

「是啊。」

「…………………」

我徹底無語了。

「我說啊，你知道這飛船有多大嗎？」

就算你真的成功引爆，也不可能會影響飛船的飛行，搞不好連搖晃都不會有一下。

「但這是個好主意，對吧？」

白鳴鏡一臉得意地說道：

「只要讓飛船墜落，國民肯定會感到恐懼吧，也會徹底擺脫『右』給予的迷惑。」

「……這不是廢話嗎？」

我不由得翻著白眼說道：

「但你有沒有想過，飛船的正下方是什麼？」

「是『莎』的首都。」

「…………」

「想必會死上很多人吧，但就是這樣才能散播足夠大的恐懼。」

看著他一如既往的笑容，我感到了不協調感。

「這不像是你會說的話……」

不管犧牲什麼都想達成目的，這種行為簡直就像——

「就像白色死神，對吧？」

「…………」

看著白鳴鏡的笑容，一股從未有過的激烈感情從身體深處湧了上來。

「這就是你想做的事嗎？」

竟然……如此無聊。

「我對你很失望。」

之前在劉沙脅迫左歌時也有過類似的情感。

但這次比那次猶有過之。

我感到全身上下的血液迅速變冷，要是不強自壓抑，我連正常說話都做不到。

「你是不是……妄想成為白色死神？」

我硬化自己雙手的肌肉。

若是真的如此，那為了保護你，我只好在這邊讓你見識現實的殘酷——

「——怎麼可能。」

「咦？」

白鳴鏡乾脆的否認，讓我前伸的手掌凝結在半空中。

「我是不可能成為白色死神——不可能成為你的。」

白鳴鏡看著我說道：

「在聽到你的訓斥後，我深切明白，我和你是完全不同的存在，我就是個普通人，而你也和我想像的相去甚遠。」

「沒錯，俗話說得好，憧憬是離理解最遙遠的距離。」

「可接著我轉念一想，那又何妨呢。」

此時的白鳴鏡，露出了比小孩子還純真的笑容。

「我唯一擁有的，就是這八年的憧憬，不管是對奈唯亞的戀心還是對白色死神的崇敬，那都是貨真價實存在過的事物。」

「但那些都是假的——都是真實的。」

「我知道啊，但那又怎麼樣呢？」

「…………？」

此時不知為何，我腦中的警報器以前所未有的音量轟然作響。

奇怪？

我轉頭看向四周，卻沒發現任何危險逼近。

那麼為何……我有種世界末日即將到來的預感呢。

「既然那些都不是真的——」

「——那就把它變成真的就好啦！」

「………………………什麼意思？」

「身為普通人的我唯一能做的，就是想辦法映襯出你的光芒。」

「…………………………」

「即使自己不特別也無所謂，只要盡心輔助特別之人，讓他拯救世界就好。」

「不，你這想法簡直莫名其妙——」

「就讓我將你脫胎換骨吧！」

「嗚啊！」

白鳴鏡一個轉身，和我互換位置，現在變成我被他壓在牆邊的狀況了。

「原本憧憬的對象不存在怎麼辦？那就打造一個就好啦！」

露出潔白整齊的牙齒，他有些興奮地說道：

「沒有人比我更瞭解白色死神了，就讓我將你變成理想的存在吧！」

「你的想法是不是變得越來越危險了！」

什麼用蠟做的翅膀飛向太陽，這傢伙根本就是想製造太陽啊！

「放心吧，你一定做得到，不要小看自己！」

「你什麼時候變成這種熱血教師的角色了！」

「在我腦中的未來，奈唯亞已經拯救大約一億人了！」

「就算是有個契機就會蛻變，但你這已經是人格崩壞了吧！」

此時——

就像是為了反映我內心的動搖。

「砰咚」一聲！就像是地震一般，飛船突然傳來了嚴重的晃動。

「看來我設置的炸彈順利地引爆了啊。」

白鳴鏡開心地說道：

「這樣計畫第一步就完成了。」

晃動逐漸加劇，幾乎要讓人連站都站不穩。

穿著黑西裝的「右」之隨從不斷奔跑，引導賭場的旅客疏散。

「怎麼可能……」

看著眼前的混亂，我不可置信地說道：

「憑『右』的本事，怎麼可能會這麼輕易就讓你設置好炸彈引爆？」

就算撇開進來飛船前的隨身物品檢查，我也不覺得白鳴鏡能引入足夠的炸藥動搖這艘巨大的飛船。

「他們是不可能察覺的，畢竟若是以一般論來看，我所帶來的事物，根本就不能算是什麼危險物品啊。」

「…………？」

「不過，這東西非常有效，一旦引爆，甚至足以將這艘飛船炸沉。」

「你到底引爆了什麼？」

「我說過了，我唯一擁有——也比別人特別的，就是這八年來的憧憬。」

「……所以？」

「只要燃燒這股執著和思念——」

看著遠方的白鳴鏡得意地說道：

「我就能將足以媲美『白色死神』的炸彈引爆。」

「再多來一點人！」

眼前的右之隨從不斷透過無線電大喊：

「要是再不阻止『他』，這艘飛船會沉的！」

這個他究竟是誰？

能讓訓練有素的右之隨從如此混亂，這人應該擁有和我同等甚至在我之上的實力？

「是無圓缺嗎？不對……」

他就是我。

我不會做這種對我沒好處的事。

而且，就憑白鳴鏡，也沒有讓無圓缺聽命行事的本事。

「…………」

站在紛至沓來的人群中，我因為疑惑而動彈不得。

身為罪魁禍首的白鳴鏡穿上了他人不要的西裝，笑吟吟地站在我身旁。

「到底發生什麼事了？」

各處都傳來了爆炸聲響。

逐漸升高的氣溫，顯示飛船開始多點起火。

而且——

「風……」

一陣狂風從深處傳來。

「竟然連飛船外層都開始破洞了嗎？」

要是這個狀況持續下去，這艘巨大飛船遲早都會墜落。

「我該怎麼做好……」

我的任務，是保護好白鳴鏡。

所以現在我該做的，就是不顧一切地帶著他跳船。

但是跳下去之後又如何？飛船墜落的餘波，勢必會造成數以萬計的大災難，就算不提左歌還在下方，我也無法保證白鳴鏡在這種狀況存活。

因為——他是普通人。

擺在我面前的選擇，似乎只剩下一個。

「原來如此。」

我有些不開心地看著身旁的白鳴鏡。

「現在這個情況，是你刻意造就的。」

「嗯？」

「你知道只要身陷不管怎麼樣都會死的狀況，那就能逼迫我為拯救『莎』展開行動。」

「才不是這樣呢。」

白鳴鏡的斷然否認，讓我再度愣住。

「我只是知道，白色死神必定能拯救這一切的。」

他攤開雙手，此時一陣爆風竄起，從後方揚起了他的頭髮和衣服。

「所以，我準備好了材料和舞臺，供你大顯身手。」

為了不因這個意外喪失民心，在「右」的引導下，無辜的賭場民眾搭乘小型飛機不斷離開飛船。

但即使少了混亂的人群掣肘，飛船上的混亂仍沒有停歇的跡象。

「你到底做了什麼！」

我抓著他的衣領質問道：

「你到底安裝了什麼樣的炸彈！」

「當我知道海溫和奈唯亞是同一人時，這個想法就浮現在我腦中了。」

白鳴鏡看著我，露出了爽朗的笑容。

「我說過了，我唯一擁有的，就是這些日子來對妳的執著和思念，所以，那個炸彈就是——」

「你的頭髮。」

「……………………………………………………………………………………啥？」

我嘴巴大張，完全無法理解白嗚鏡在說什麼。

「頭髮。」

他用手捧起一綹我的頭髮說道：

「我將妳的頭髮包上一層薄冰，並黏到了飛船中的各處。」

「就算如此，那也不會造就現在的慘狀——啊。」

一般來說，頭髮是無關緊要的事物，這也是為何白嗚鏡能躲過身體檢查，「右」也不會留意的原因。

「但是……這裡有著對我執著無比的食慾。」

「沒錯，就算連帶的破壞飛船，她也必定會想要吞下那些頭髮——畢竟我很瞭解這種心情。」

「請你不要瞭解這種心情——嗯？」

意識到不對的我問道：

「你的計策我算是明白了，這等於強制讓和我有差不多實力的食慾陷入暴走狀態，但我的頭髮……你是怎麼取得的？」

「這某方面來說，可以說跟魔法一樣。」

「嗯？」

「之前在教室上課時，我看到奈唯亞掉落的頭髮——等到回過神來，那根頭髮就已經被我撿了起來。」

「你這單純就是跟蹤狂行為！別試圖用奇幻力量包裝！」

「每次我都好好地將你的頭髮保存起來，經過這樣一點一滴的累積之後，不知不覺就存了一整個玻璃瓶。」

「如果只是頭髮，應該也不至於讓食慾變成這樣，這股混亂應該就能很快就能平息——」

「當然不只是頭髮。」

白鳴鏡搖了搖手說道：

「我還黏上了奈唯亞曾使用過的面紙、奈唯亞曾使用過的橡皮擦、奈唯亞曾使用過的原子筆——」

為何我的身邊永遠都是這種奇怪的傢伙！

認識他時就覺得這傢伙不太妙，但經過我這段時間的引導後，他的變態程度可說是不減反增。

——砰咚！

飛船在一陣晃動後，高度再度下降！

要是真的沉沒，所有人都要死在這邊了！

「啊啊，這股絕望真是太棒了……」

白鳴鏡雙手捧著臉，神情恍惚。

「能面臨這樣的困境，我真是太幸福了。」

「你是瘋了嗎！這到底哪裡幸福了！」

「困難越是巨大，解決這一切的白色死神就越是偉大。」

「……」

「所以，邁過這一切——」

白鳴鏡的眼中閃著期待。

「讓我看到你更加閃耀的光芒吧！」

「我現在明白了，你這傢伙才是我最大的敵人吧！」

我不知道事態怎麼會變成這樣。

總之一切都變得一團混亂了。

雖然知道白鳴鏡根本就是在火上添油，但我還是必須將他背在背上，努力保護他。

而且，本來應該視為敵人的「右」，現在也不能與之對抗。

「我是你們的盟友！」

我跑到了叛軍首領的面前。

他們一行人正和食慾互相對峙。

「讓我和你們攜手對抗暴走的食慾吧！」

首先要阻止食慾。

不能讓這個崩壞繼續下去了。

「那個……這位兔女郎小妹妹，妳是誰啊？」

一名「右」的黑西裝男子提出了理所當然的疑問。

「為什麼突然跑過來，還說要和我們並肩作戰？」

好巧喔，這個問題我也想問自己。

「放肆——！」

我背上的白鳴鏡大喊道：

「這人可是無法坐視人命白白損失，高潔又孤高的戰士啊！還不跪地懇求她伸出援手！」

「算我求你了，不要再讓事情變得更加複雜！你看他們都對我舉起槍了！」

俗話說得好，最大的敵人就是自己人。

「嘎吼——！」

徹底狂暴化的食慾雙眼變得一片赤紅！

她以眼睛幾乎看不到的速度高高躍起！

「快攔住她！」

「右」的人不斷對著空中開槍，但那些子彈不是被吃掉就是落空。

就像顆人肉砲彈，食慾不斷在天花板中穿梭，將飛船打出無數個破洞。

「首領！飛船的高度又下降了！」

從破洞處灌入的狂風，讓在場的人都有些站不住腳。

「食慾她到底想做什麼啊？」

「她大概是想要找到我藏在天花板中的奈唯亞體育服（未洗）吧。」

「你這傢伙到底在做些什麼啊！」

我一邊痛罵白鳴鏡一邊開槍。

射出的子彈精準地打到了食慾嘴巴咬不到，但又能擊中她的地方，但即使如此，也只是在她皮膚上多擦出幾道血痕而已。

「小妹妹，看不出來妳技術還不錯嘛。」

站在我身旁的叛軍首領點了點頭說道：

「要是有興趣的話，之後要不要加入我這邊啊？」

「等一切結束後我會考慮的。」

我在腦中不斷演算食慾的行經軌道。

「不行……距離太遠了。」

就算我的射擊再精準，也不可能完全擊中這個狀態的食慾。

若論最高速度，這傢伙可是比我還快啊。

「真是造化弄人，以往我都是被追趕的一方，現在竟反了過來。」

平常都是靠著設置陷阱讓她自投羅網，但現在應該怎麼辦？

該怎麼做才能停下她？

陷入暴走狀態的食慾，此時眼中只有我的隨身物品，完全沒注意到想要的本尊就在她的正下方。

沒想到為了躲避她而染上左歌味道的一著，此時反倒適得其反。

「必須想個法子……讓她將目標轉向我。」

「就交給我吧。」

白嗚鏡將雙手伸到我的前方——

「我已經下定決心了，要成為你最好的輔助。」

在他的幫助下，食慾瞬間停止了動作。

就像是魔法一般。

在場的所有人——包括我都陷入了石化狀態。

「看著吧！不管是誰都無法抵抗奈唯亞的魅力！」

白嗚鏡用力將我的兔女郎服裝一拉，將我的上半身完全暴露出來。

「咿啊啊啊啊啊啊啊啊啊啊啊啊啊啊啊——————！」

我不由得雙手摀著胸放聲尖叫——不對，我原本就不是女的，為何要反射性地做出一般女孩子會有的反應！

「白嗚鏡你克制點！」

我低聲表達我的抗議。

「現在根本不是做這種事的時候吧！」

「肌膚露出面積越大，奈唯亞所能散發的味道就越濃厚，這樣應該就能吸引食慾才對。」

「……你說得沒錯。」

雖然被男人脫掉衣服真的很讓人反感，但為了達成目的確實該不擇手段。

「小妹妹，妳確實是我們的盟友沒錯。」

一位「右」的黑西裝拍了拍我的肩膀，有些感動地說道：

「真的……幫大忙了。」

請不要在這種時候認可我。

「嘻嘻……嘻嘻嘻嘻嘻————！」

砰的一聲，食慾從高處跳了下來，四肢著地的她揚起了巨大的灰塵。

就連飛船都因為她這一跳而微微下沉。

改造身體和吃下過多東西，使得她比嬌小的外表看起來更加沉重，實際上的她應該有數百公斤吧。

「讓我吃了這麼多美味的前菜，現在終於要上主菜了嗎？」

食慾一個仰頭，將嘴中咬著的體育服吞了肚中。

「食慾，勸妳束手就擒！」

叛軍首領一夥同時舉起了槍。

「妳跟『右』不是簽訂好合約，成了雇傭關係嗎——」

「誰管那些破事啊！」

食慾的雙眼散出紅光。

「我只是為了吃而存在，別想用那破紙來束縛我！」

「危險！」

——黑暗的深淵以迅雷不及掩耳的速度逼了過來。

我一個前衝，擋住了食慾撲向叛軍首領的牙齒。

緊緊抓住她的上下顎，我努力不讓她將我和叛軍首領咬碎。

「嘻嘻！就是這樣——！」

明明嘴巴被抓住，但她的喉嚨深處還是發出了清晰的聲音。

「不是吃就是被吃！就是獵捕時的極限狀態，讓我感受到自己還活著啊！」

「妳這個變態……」

腳深深地陷入地面中，但即使如此，我仍無法阻止她的大口一點一滴地向我靠近。

壓在我身上的力道，沉重得就像是大石頭從高處滾落。

跟她近身肉搏本就是很愚蠢的一件事。

之前和她捉迷藏之所以能占上風，都是因為靠著事前設置的陷阱。

更別提我現在身上還背著一個負累。

「我一直好想吃掉你啊！」

大量的唾液從褐色少女的口中流了出來。

「我好想吃你的頭髮吃你的眼睛吃你的鼻子吃你的腦漿吃你的皮膚吃你的肌肉纖維吃你的心臟吃你的肺和胃——」

「不要……再說了！」

我緊張地大喊道：

「不要再說了！」

「——我好想吃掉你的胰臟啊！」

「所以我才叫妳不要再說了啊！」

你這樣要我以後該抱著怎樣的心情，去看那部感人的作品！

「開什麼玩笑！」

我背上的白嗚鏡暴怒道：

「妳要是吃掉他，那我以後要為什麼而活啊！」

「給我為自己而活啊！」

「快讓開，小妹妹！我幫妳開槍打她！」

「你們怎麼可能打中她，只是增加我和白嗚鏡的危險而已！」

不顧我的勸阻，「右」就這樣朝我們開了槍，我狼狽的以最小動作閃避。

「啊啊——！」

不管是「右」、食慾還是白嗚鏡——都讓人感到麻煩至極。

「你們都給我差不多一點！」

我一個甩身，將白鳴鏡從我的背上卸了下來。

憤怒的我用力一捏，將堪比鋼鐵的食慾牙齒一把捏碎，並用牙齒碎片擋住了襲來的子彈。

「全部都給我退開，讓我來專心教育食慾！」

我空中一個迴旋踢，將「右」手上的槍全都踢碎。

「時間太久，讓妳連自己的主人是誰都忘了嗎！」

一把握住了食慾的嘴巴，我以冰冷的眼神說道：

「不過沒關係，我現在就讓妳徹底回想起來！」

鮮紅色的血液噴到了空中。

抓住她的嘴巴，我讓她往我的脖子處咬了下去。

我不打算和食慾打持久戰。

她的身體遠比表面看上去還異常，我甚至覺得刺穿她心臟她都有可能活下來。

而且眼前的問題堆積如山，了結她之後，還有「右」和飛船的事情必須解決。

「不是很想吃嗎！」

我讓她咬住了我的頸動脈。

「那就多吃一點！」

對食慾的有效戰法只有一個，那就是針對她的貪吃下手。

設置殺傷性的陷阱，並在上頭擺放她感興趣的食物，那麼她就會自我毀滅。

但在幾年前的捉迷藏中我明白了。

她也和我一樣，具有彷彿野生動物的直覺。

普通且殺傷力普通的陷阱是不可能奏效的。

我必須擬定縝密的計畫，一步步引導她走向絕地。

記得之前打敗她時，是讓她掉到落穴後，再不斷地用飛彈轟炸。

但如今的她變得更加強勁，我也沒有足夠的時間準備。

「嗚……」

食慾的身體突然僵了一下。

「想必妳也嘗得出來吧，血裡頭有劇毒。」

我忍耐不斷被吸血的疼痛，露出無所謂的微笑。

「接著就是比耐力了。」

在進行這場戰鬥前，我就事先吞進了毒藥。

那是不在時限內服用解毒劑，連我都會當場死亡的劇毒。

「但就算知道又如何，妳是不可能放掉到口的美食的。」

食慾的身體隨著吸取不斷抖動，我則因為失血過多而感到暈眩。

「就是這樣啊……」

臉色發紫的食慾露出微笑說道：

「我早就知道了，唯有你能滿足我——唯有你能填補我那永不結束的飢餓。」

褐色少女掛在我身上，就像是在擁抱。

「誰管妳到底餓不餓啊，快點被毒死吧。」

臉色逐漸變白的我也回頭擁住了她，將她的牙齒壓進自己的身體更深些。

血從我的頸動脈噴了出來，很快地就染滿了我的上衣。

「好幸福……你終於願意和我正面對決了……」

食慾一邊吃一邊流下了淚水。

「要是可以永遠這樣就好了……」

「那要不要更幸福呢？」

就算我們雙方都受到毒的影響，但我的身上，多背負了失血的不利因素。

若是戰況繼續下去，先撐不下去的必定是我。

所以，我張大了口——

朝著食慾的脖子一口咬了下去。

藏在嘴中的毒藥，透過我的牙齒流到了食慾身體深處。

這是一場互相捕食的戰鬥。

「我的天啊……」

身邊傳來了「右」害怕的議論聲。

「這戰鬥也太異常了……」

我們本就是跟你們相去甚遠的異常者。

「所以……」

別過來。

「別靠近我們。」

時間究竟過去多久了？一秒？一個小時？

頭開始暈眩了，感覺自己的意識也逐漸遠去。

但是，我不能倒在這個地方。

「我必須保護他人……」

要是連這一點都喪失，我就無法知道自己是誰了。

是因為毒的關係嗎？

總覺得過去的事變成跑馬燈在眼前不斷閃爍。

握住食慾的手慢慢地喪失力氣，但我仍像是溺水的人抓住救命稻草一般，將最後一絲力氣灌注在手指，讓自己的手深陷她的背，不讓她離開我。

「我必須任務成功率百分之百。」

當我執行任務時，不管我做了什麼，都是為了他人。

而我所保護的對象，始終會站在我這邊。

「我必須是絕對的存在……」

必須守住自己唯一的歸宿。

「要是做不到這點——」

「那就不會有任何人喜歡我了……」

腦筋一團混亂的我，似乎一不小心吐露了心聲。

模糊至極的視線中，浮現了白鳴鏡的不忍表情。

你那哀憐的眼神是怎麼回事？別一副早就看穿這點的模樣好嗎？

「啊……」

我的臉已變得跟白紙一樣，食慾則是一陣青一陣白。

快到極限了。

經過這麼多年不見，食慾似乎又變得更強了，至於我則因為「ＬＳ任務」變弱了。

真是個怪物。

可能是發現不妙吧，「右」和白鳴鏡不斷對食慾開槍，但是她仍能一邊吸血一邊閃避。

「不過，我是不會輸的。」

我鬆開牙齒。

誤以為我認輸的食慾，露出了有些遺憾的勝利微笑。

「以為我會正面和妳對決，就是妳最大的敗因。」

我拿出隱藏許久的殺手鐧。

看到我做了什麼的食慾，身體因為驚訝而陷入僵直。

之前的無數伏筆，都是為了最後這瞬間。

讓妳因為毒而行動減緩，讓妳因為我的擁抱而無法逃離。

「受死吧，食慾。」

火焰噴射槍的管子從我的食道深處伸了出來，以零距離的狀態抵在了她的額頭上。

「白色死神！你這傢伙啊啊啊啊啊啊啊啊啊啊啊啊啊——————！為什麼總是如此——————！」

「吼啊！」

大量的火焰從我嘴中噴了出來，包裹住了食慾的全身。

「綜觀食的歷史，會使用火來燒烤食物，是人類的一大進步。」

看著變成火球狀態的食慾，我一邊用針線縫合傷口一邊點頭說道：

「果然對付野生動物就是要用火。」

「奈唯亞，那個不是動物，是人。」

「既然動物能燒，那人類也能炎上。」
「炎上這詞應該不是這樣用的吧？」
渾身是火的食慾一邊慘叫一邊在地上打滾，最後撞破飛船的窗子飛了出去。
不過感覺即使是這樣，她也不會死。
真可惜我剛剛已經沒有力氣給她最後一擊了。
少了食慾的暴走後，飛船雖依然搖搖欲墜，但總算是勉強撐住了。
「奈唯亞，妳還好嗎？臉已經完全沒有顏色了。」
「當然不好。」
我可是被咬斷頸動脈呢。
雖然縫製傷口也吞下解毒藥了，但這樣的大量失血可是致命傷，現在已是隨時會死掉都不奇怪的狀況。
「但這樣的極限狀態，我的人生中已遇過不知道多少次了。」
「……………………嗯。」
白鳴鏡看著悽慘無比的我微微張開口，似乎是想說什麼。
但最後他只是點了點頭，什麼都沒說。
「不要同情我。」
我拍了一下他的頭。
「我從沒為自己做過的事後悔。」

「我明白了。」

「這位小妹妹，感謝妳的幫助。」

一位「右」的人，滿面笑容地靠了過來說道：

「多虧了妳才阻止了失控的食慾，若是不嫌棄的話，請移駕到醫療室，讓我們為妳提供最完善的治療。」

「不用了不用了。」

我搖了搖手說道：

「不用這麼麻煩，事情就快結束了。」

「不不，雖然妳只是個偶然路過的正義之士，但既然妳是我們的同伴——」

「我反悔了。」

「咦？」

「現在我是你們的敵人了。」

過於迅速的立場轉變，讓他們全都像傻掉一般愣住了。

——砰砰砰砰砰砰砰砰砰砰砰砰砰！

撿起地上的機槍，我向四面八方盡情傾瀉子彈，將所有人擊倒。

「為什麼……」

倒在地上的「右」，以不可置信的語氣說道：

「我那遇到天降美少女，就此共譜戀情的夢啊……」

原來你在打這種莫名其妙的主意。

還有白嗚鏡請你不要在我的視線死角處對他補上幾腳，你到底在不開心什麼。

「嗯…………？」

搖搖晃晃的我環顧四周。

「是不是……少了一人啊？」

「有嗎？」

「沒錯。」

討厭的預感襲上心頭。

「因為我本來想要挾持指揮官，然後利用他逼迫『右』將飛船的控制權交出來的，但是現在——」

倒下的大量人群中，並沒有愛莉莎維爾的叔叔——那個渾身是傷的叛軍首領。

「哈哈——！」

飛船上的螢幕突然同時亮了起來。

「哈哈哈哈哈哈哈哈——————！」

填滿飛船空間的，是叛軍首領的狂笑聲。

「原來你就是白色死神！」

「……是又如何？」

「我終於明白了，八年前就是你和愛莉莎維爾聯手，將我推入這麼慘的深淵！」

「…………」

「但是，愛莉莎維爾已經死了，心中的怨恨無處可發洩，讓我這八年來過得痛苦無比。」

「……所以你就和『右』聯手，打算奪取『莎』？」

「沒錯，我是這麼想的——」

叛軍首領摸著臉上的傷痕說道：

「既然無法向愛莉莎維爾復仇，那就毀了她所有珍愛的事物吧！」

看著他扭曲無比的臉孔，我心知事態要朝著我最不想要的方向發展了。

「你既然這麼想報仇，那為何要逃？」

我朝他招了招手說道：

「我現在這麼虛弱，不趁這個機會跟我一戰嗎？」

「我才不會傻到跟你這種怪物一戰呢！」

「……」

「我是死過一次的人！」

他手握拳重重一敲，啟動了不知道什麼東西的按鈕。

「八年前的我早就因為你們死了，如今的我根本不想奪取『莎』，只想將這一切弄得亂七八糟！」

——碰咚！

「感謝『右』——感謝上蒼讓我在最後得到了這個機會！」

飛船再度傳來了大幅度的晃動。

「以我的性命做為代價——」

赤紅色的警報聲響了起來。

「不管是白色死神還是『莎』，都給我去死吧！」

——碰！

轟然的爆炸聲響起。

赤紅色的火焰填滿了螢幕，將叛軍首領的身影淹沒——

同時，也開啟了絕望的終末。

「剩下時間五分鐘，請船上人員迅速避難，再重複一次——」

伴隨著鮮紅的警報，甜美的女聲透過廣播傳遍了整個飛船。

「奈唯亞，這是怎麼回事！」

我身旁的白鳴鏡看著眼前的異變，著急地問道：

「剛剛叛軍首領到底啟動了什麼？」

「當然是自爆裝置啊。」

「自、自爆……？」

「為了隱藏『右』的機密資料，這麼大的飛船想必會有相應的保險措施吧，而且看剛剛的狀況，這個自爆裝置啟動時會同步開啟開關附近的炸藥，等於是以啟動者的性命做為代價，真是有夠惡趣味。」

巨大的爆炸聲連環響著！

緊急灑水裝置開啟，淋得我和白鳴鏡一身溼。

「所以……我才一直不想做隨扈任務以外的事啊。」

若是準則始終不變，那我就會一直是孤身一人。

一旦做了多餘的事，就會招來後果。

這個世界的一切都是循環的。

因果報應、咎由自取。

還有——

輪迴轉世。

「這艘船已經沒救了。」

飛船的高度不斷地往下降。

「再這樣下去，不管是我們還是『莎』的人民，所有人都會死——嗚。」

我一個搖晃，差點站不住腳。

「奈唯亞，妳還好嗎？」

白鳴鏡趕緊扶住了我，我則一把將他推開。

「當然不好啊，我可是要保護你的人呢，怎麼可以淪落到受你幫助的地步呢。」

「或許我真的是能力不足……」

白鳴鏡咬牙說道：

「但是我已經決定了，就算是身為一個普通人，肯定也有我能做的事。」

「沒有。」

我斷然否定。

「裡世界中，不需要像你這樣的人。」

我將手伸入頭髮中，扯出一根毒針，將其打入白鳴鏡的身體中。

「奈唯亞……妳——」

「只要你還待在我身邊，這樣的事肯定還是會不斷發生吧。」

就連瀕臨極限的我，你都沒有閃過我的襲擊。

「身為普通人的你，已經無事可做了。」

白鳴鏡的身體逐漸失去力氣。

就和期末考那時一樣，他依依不捨地抓著我的衣角，就像是想挽留我。

「這樣莫名其妙的世界，由我踏足就好。」

我將他的手抽開說道：

「身為普通人的你，該待的地方並不是這裡。」

確定他已經喪失意識後，我將他輕輕放在了地上。

「有些幸福，是只有這樣的你才能掌握的——妳說對吧？」

我對著身後的人發出提問。

「竟然沒轉過身就發現我。」

芍凜輕輕鼓掌說道：

「你真的快死了嗎？」

「當然啊，真是活受罪，這種教育實習竟然只有十億，真是一點都不划算。」

「接著你有什麼計畫呢？」

「還能怎麼辦？」

為了拯救一切，只剩下一個辦法了吧？

「那就是讓這艘飛船提早自爆，不要墜落到『莎』中。」

「跟我想的一樣呢。」

芍凜從懷中掏出手機，亮出了一張照片，那是這艘飛船的平面圖，大概是芍凜和「右」結盟後拿到的吧。

「雖不知道還有沒有作用，但主控室在這邊，就快過去吧。」

我看了一眼，馬上就將這張圖片記了起來。

「白鳴鏡就交給妳了，旁邊有我事前準備好的降落傘。」

時間已經不多了，我轉身就走。

「那個……白色死神。」

走到一半的我，被芍凜叫住。

「還有什麼事嗎？」

「你……不責怪我嗎？」

「為什麼要責怪妳？因為妳早就預見會演變成這樣的狀況，卻沒有跟我說？」

「…………」

被我戳破心事，芍凜一言不發。

「別太小看我了啊，這種困境還殺不死我，而且——」

「原本想去主控室的人是妳，對吧？」

所以，妳才會選擇和「右」結盟——才會在此時出現在這邊。

一旦飛船在空中爆炸，那麼誰都會認知到「右」的危險性。

為了「莎」這個國家，芍凜想成為犧牲的那人。

這才是愛莉莎維爾的計策，也是她最後的盤算。

「嗯……我確實是這麼想的。」

芍凜點了點頭，咬著下脣說道：

「可是，當我看到哥哥也在這邊時，我突然變得怯懦起來……」

既然會被愛莉莎維爾的人格影響。

那麼反過來也是有可能的。

「我無法控制自己的想法……我不想死，我想救哥哥……」

從芍凜的眼中，流下了兩行淚水。

「即使拋棄所有國民和至今為止的所有計畫，我也想和哥哥一起活下去……」

她大概是希望有人能責備她吧。

殺了莎麗王，利用了我，傷害了這麼多人——

但最後卻為了自己最愛的哥哥捨棄了這一切。

「那就這麼做吧。」

但是，我一句責怪的話都沒說。

「就讓他帶給妳幸福吧——這才是普通的他所應該做的事。」

拋下身後的芍凜和白鳴鏡，我一個人朝著大火深處走去。

「剩下時間一分鐘，請船上人員迅速避難，再重複一次——」

在搖曳的火焰中，往事不斷浮現。

八年前，我是做對了，還是做錯了呢？

殺死愛莉莎維爾後，我開心地將叛軍的財產一掃而空。

但當我回去監禁叛軍首領的地方時，卻發現他已不在。

因為害怕愛莉莎維爾原本的計畫生變，所以我趕緊去搜索叛軍首領，竟發現失控的他正在飛機上開槍掃射。

不悅的我將他亂槍打倒在地，卻已經來不及挽回他所造就的犧牲。

叛軍首領的子彈打中了一個小女孩，讓她躺在血泊中。

雖不認識她，但我知道她曾和愛莉莎維爾待在一塊過。

看著帶著滿足微笑而死的小女孩，我突然想起了愛莉莎維爾最後一刻時的話語——

「白色死神。」

「……什麼事？」

再一分鐘，我就要進行實況轉播，在所有人面前凌虐愛莉莎維爾了。

「難為你了。」

愛莉莎維爾露出有些歉疚的笑容說道：

「雖然是因為賭輸，但謝謝你願意答應用這樣的方式殺掉我，這才是真正拯救我這個莎之公主的方式。」

「這不算什麼，這輩子因我而死的人可多了。」

「謝謝你願意為了我這麼說。」

「……」

「要是真的想紀念我，之後將我的名字放到你的化名中吧。」

「……我會考慮的。」

「別露出難過的表情啊，這世間有很多神祕的事。」

愛莉莎維爾仰頭看著天空說道：

「說不定哪一天我會輪迴轉世來到你面前喔。」

「這世間才沒有這麼好的事。」

「那麼，假設一個人有著他人的記憶和人格，那這樣算不算是輪迴轉世呢？」

「一個身體混著兩個人的靈魂嗎？這感覺有點微妙，但就算是這樣也不太可能吧。」

除非依靠大量的屍體和記憶裝置，要不然是造不出這樣的存在的。

「事實上，這種彷彿輪迴轉世的狀況，已經確切地在現實中發生。」

她摸了摸手上的皇冠戒指說道：

「不少醫學紀錄顯示，經過器官移植的人，會時不時出現原本器官擁有者的記憶和人格。」

「……妳在死後，想要我將妳的器官移植給別人嗎？」

「隨便你吧，像我這種人——像我這種很像你的人，不繼續活下去比較好，你不這麼覺得嗎？」

「………………」

只要存在，就會擾亂這個世界和許多人的人生。

「賭自己會不會轉生成功——這才是真正的豪賭，對吧？」

這不是豪賭。

這是許願。

「愛莉莎維爾……」

最後，我問了她一個問題。

「妳為什麼想轉生呢？」

「因為我有想見的人，也有想對他說的話。」

「什麼話？」

「『對不起』。」

看著遠方，總是面帶微笑的愛莉莎維爾收起了笑容。

「『對不起——竟這樣利用了你。』」

總覺得她某種程度，是在替代我說出這樣的話。

「妳是想贖罪嗎？」

「或許吧。」

缺少四根手指頭的愛莉莎維爾，順了順耳際的頭髮說道：

「如果哪一天能輪迴轉世，我想成為帶給他人幸福的存在。」

「我會花一輩子去愛他——這就是我的贖罪。」

「所以，我將愛莉莎維爾的心臟移植給了瀕死的小女孩。」

來到主控室的我，打開了扭曲變形的門。

「原來那人是芍凜啊……」

手術完後，那女孩並沒馬上醒過來，所以我原本以為我失敗了。

「真是太好了……」

那個與我相似無比的傢伙，還真的賭贏了啊。

「竟然真的轉生成功了——」

我的嘴角不受控制地往上揚。

「很好，主控室還勉強能運作。」

已經虛弱到連站著幾乎都辦不到了。

但是，按幾個按鈕還是沒問題的。

我操控飛船，努力爬升高度——

然後朝著眼前的高山撞了過去。

「衝啊————！」

眼前的情境令人絕望。

失控的大火和濃煙包裹住了我，意識和體力也已所剩無幾。

——巨大的岩壁逼近到眼前。

這是完全的自殺行為。

但是不知為何，我完全不覺得自己會死。

「既然妳都能轉生成功——」

我緊閉眼睛大喊道：

「那麼我肯定也不會死的！」

——砰的一聲！

主控室的門被炸開，無圓缺乘著狂風登了進來。

「你說得對。」

對跪倒在地的我伸出手，她露出了微笑說道：

「因為，我因你而存在於世——我就是你的轉世。」

下一刻，熾熱的白光淹沒了我的意識。

——碰！

足以在歷史上留名的巨大煙花，在「莎」的天空綻放開來。

幕間 白鳴鏡的過去・終

他就像是個英雄，出現在我——白鳴鏡的面前。

一個跟我差不多年紀的小孩，突然出現在叛軍中，也不知道他是怎麼做的，面對無數拿著機槍的敵人，空手的他只花了五分鐘，就將叛軍首領和全部敵人都殲滅了。

掃蕩所有敵人後，他抱起了倒在地上的芍凜，似乎是覺得她仍有救。

事實上，在多日後——就像被施與魔法。

本被子彈貫穿心臟的芍凜，平安無事地回到了我們身邊。

「你……」

仰頭看著閃閃發光的他，跪在地上的我問道：

「你究竟是誰？」

「我沒有名字，但大家都叫我白色死神。」

白色死神？

這是第一次聽到的名號。

但就在此刻我明白了，這個名字將深深刻在我心中，一輩子都抹滅不掉。

「你為什麼……要拯救我們呢？」

「拯救該拯救的人，需要什麼理由嗎？」

他轉過頭來，對我露出了帥氣的淺笑道：

「你們的感謝就是最好的謝禮，我已確實收到了。」

宛如被轟雷擊中——宛如被一道光徹底洗滌。

心中就像有一股電流竄過，我全身上下不由自主地顫抖。

說完該說的話後，白色死神從飛機上跳了下去。

躍向天空的他，身旁什麼都沒有，就像沒有任何事物可以觸及他。

看著這樣的孤寂背影，一個模模糊糊的念頭浮現在我心中。

「想要和他並肩……」

——想要不輸給他。

接著的八年，我一直朝著這個方向努力。

不過事到如今，我才發現我錯了。

八年前的我被強烈的憧憬所迷惑，讓我一時間覺得我是想成為和白色死神一樣的人。

但是，其實並不是如此。

我怎麼沒有察覺這個顯而易見的矛盾呢？

在我心中，他是獨一無二的特別存在。

既然如此，那這世上怎麼可能有和他一樣的事物？
不管我怎麼努力，我都不可能站到和他相同的高度。
所以我真正想要的，其實是——

終章

剩餘報酬：90億

「啊……」

我——白色死神究竟昏迷多久了呢？

腦中最後留下的，是無圓缺將我從即將爆炸的飛船拉出來的畫面。

重傷瀕死的我被爆炸的餘波衝擊，不知在何時喪失了意識。

「不過……」

好溫暖啊。

眼前的背影明明不寬大，卻帶給我一股懷念的溫暖。

「我在……作夢嗎？」

幾乎看不清任何事物的視野中，似乎捕捉到了一個少年背著我，一步步向前走的畫面。

「海溫先生……不，還是用我最熟悉的奈唯亞稱呼你吧。」

白鳴鏡向背後的我說道：

「我終於找到我想做的事了。」

「……是什麼呢？」

「我就保持現在這樣就好，因為你曾這麼說過——」

——就是你這樣的平凡人，才能真正守護他人的人生啊。

「那不是很好嗎？」

那是個我和食慾拚命努力，卻漸行漸遠的目標。

「放下那個不切實際的憧憬，你的人生也會變得正常一點——」

「不，我不會放棄對你的憧憬的。」

「…………」

「因為這就是我想要做的事啊，只是我一開始誤會了那是什麼。」

白鳴鏡以開朗的語氣說道：

「就算做個平凡人，也可以像現在這樣，在你沒有力氣時給予你援助。」

轉過頭來的他，露出再也幸福不過的笑容。

「以平凡人的身分成為你的依靠，帶著你前行——這就是我的夢想喔。」

終章之後

剩餘報酬：90億

這是事後報告。

驚濤駭浪的「未來實習」結束了。

每一次五色高中的活動都將我整個半死，似乎已經成了慣例。

我躺在醫院中休息了許多天，在這些日子中，好多人來探望我。

就一個一個來說吧。

「『莎』之國在我的巧妙幫助下，總算是避免了內亂，逐漸步回了正軌。」

第一個來我病房的是左獨。

「飛船的爆炸讓『右』撤離了『莎』，也讓國民就此醒悟，但在莎麗王已經死掉的現在，妳是怎麼做到維持國內平穩的？」

「我派了一個替身假扮莎麗王，就這樣。」

「…………」

「反正她已死的事，只要知情的人不說，就等於沒人知道，這樣『左』也能藉由幫助『莎』得到一個小國，可謂是雙贏。」

「妳的雙贏是妳贏兩倍的意思嗎？」

每次都不花什麼力氣就占盡好處。

「別把我當壞人啊，這可是莎麗王的委託呢。」

「妳的意思是，她早就知道自己會被芍凜殺掉？」

「她早就知道了。」

「…………」

「她確實有來信拜託我幫助她，但她只是將國內的各種情況寫給我，剩下的部分就隨我處置。」

「若妳說的屬實，那她也是個不簡單的人物。」

她大概也算到了這步。

與其讓國家沉淪在「右」給予的快樂中，不如以自己的命做為代價，將國家交給「左」來統治。

「雖然不能當作免罪的藉口，但莎麗王似乎已經罹癌，時日無多了。」

左獨看著窗外說道：

「芍凜是在莎麗王的拜託下，將她的頭砍下的。」

「若是我認識的愛莉莎維爾，確實是會毫不猶豫地這樣做沒錯。」

「但是，芍凜的部分確實因這個行為而感到悲傷，畢竟這是她第一次殺人，回到雙之島後，芍凜似乎一直被惡夢所困。想必之後的人生，她會因為此事而一直痛苦吧。」

「兩個靈魂共宿一身，而且那個人還是在智謀方面無人能出其右的愛莉莎維爾……」

我嘆了口氣說道：

「雖然由我這個始作俑者來說很奇怪，但這對平凡的芍凜來說很明顯是不幸吧，真虧她沒有精神崩壞。」

「那是當然的吧。」

左獨以一副「我在說什麼」的模樣說道：

「別小看戀愛中的少女啊。」

「……………………啊？」

「她們的心中都有著白鳴鏡——都有著想要花上一輩子讓他幸福的念頭。」

左獨輕輕笑道：

「那麼別說精神崩壞了，她們應該相處得不錯吧。」

第二個來找我的是左歌。

不，應該說她一直都有來找我。

在我昏迷的期間，她似乎一直在床邊照料我。

——然後在我不注意時偷偷掉眼淚。

「傻瓜……還以為我都沒發現嗎？」

在半夜看著因為哭累而趴在床上的她，我不由得輕嘆了口氣說道：

「所以我才說啊，不想要有珍愛的人，也不希望有人將我視為特別。」

看著黑暗的窗外，我突然好想問愛莉莎維爾一個問題。

「轉世後的妳，有找到妳要的幸福了嗎？」

不過，不可能有人回答我的。

就算問現在的芍凜，想必也沒意義吧。

人死了後就什麼都沒了。

現在的愛莉莎維爾，只是芍凜的一部分而已。

「到頭來，這個問題的答案，還是只能自己去尋找啊。」

經過左弦和此次的事件後，我似乎逐漸改變。

我不知道最後我會走向何方。

但是，希望我最後能跟八年前的愛莉莎維爾一樣。

帶著滿足無比的笑容離開這個人世。

左櫻和無圓缺並沒有來探望我，對此我感到有些疑惑。

不過，她們兩人的身分都很特殊，或許正被左獨喚去做什麼事，無暇分身吧。

最後一個來探望我的人，是白鳴鏡。

順道一提，在病房中的我為了怕暴露身分，一直都是奈唯亞形態。

「我和芍凜決定畢業後結婚了。」

來到病房的白鳴鏡，向我報告了他的終身大事。

「這是值得慶賀的事，恭喜——！」

我在被單中做了一個勝利手勢！

喔耶————！

我終於可以擺脫白鳴鏡的愛情攻勢了。

坦白說，並不是說多討厭他。

但就某種程度來說，他比食慾更加讓我難以應付。

「我想履行之前的承諾。」

白鳴鏡認真說道：

「要成為普通人，首先就是娶妻，共組家庭之後生子。」

「沒有錯！多生幾個！最好生到莎麗王轉世！」

「奈唯亞，你是不是有點太興奮了？」

白鳴鏡擔心地看著我說道：

「你的身體還沒恢復，還是冷靜點比較好吧。」

「沒事沒事，我只是太開心了。」

太為自己開心了。

「奈唯亞開心就好。」

白鳴鏡拍了拍胸膛，鬆了口氣似地說道：

「我本來還怕你失落呢。」

「我為什麼要失落？」

「我怕你覺得我結婚後，就會將心思擺在凜凜身上了。」

「嗯？擺在自己的新婚妻子身上才是應該的吧？」

「不不不，我怎麼可能捨棄對你的憧憬呢。」

白鳴鏡搖了搖手說道：

「就像我說的，我想要以普通人的身分成為你的依靠。」

「……………嗯？」

總覺得不太明白。

總覺得這個話題走向好像有點奇怪。

「所以我跟芍凜說過了，即使是結婚後，我也會花大把時間在你身上。」

「……」

「會努力跟著你到任何地方，不管你說什麼我都會聽，也會盡我所能的讓你綻放光芒。」

「芍凜怎麼可能允許這種事——」

「她說很有趣的樣子，准了。」

「那個人絕對不是芍凜，而是愛莉莎維爾！」

我都可以想像她偷笑的樣子了！

「總之我跟凜凜雖是夫妻，但她只是我拿到普通人身分的一個媒介而已，我真正想要付出心意的對象是你！」

「你要不要聽聽看你現在說的話有多渣！」

我激動到傷口都要裂開了。

「你既然要跟芍凜結婚了，就對自己的妻子好好盡忠啊！」

「讓妻子幸福和讓你幸福並不衝突。」

「當然衝突啊！你在說什麼！你以為一夫一妻制是為什麼而設置的！」

「那不過是法律上的關係而已，真正的普通人不像白色死神，是可以同時守護很多人的。」

「嗚……」

竟然拿我過去說過的話反駁我。

「我要讓芍凜擁有普通人的幸福，同時也要以這身分帶領你前行！」

白鳴鏡握拳大喊。

「只要是我認為特別的存在——不管他是誰，我就會向其付出一切。」

「也就是說，你是要——」

「沒錯。」

白鳴鏡點了點頭，露出帥氣無比的笑容說道：

「不管是芍凜還是你我都想要，所以我的最終目標就是——」

「成為能開後宮的普通人！」

「你真的有搞清楚普通人的定義是什麼嗎！」

看來，混亂的校園生活，似乎還是會更加混亂下去。

後記

——對不起。

說到為什麼要對不起呢？

大概是這集的內容了吧。

寫作過程中我多次湧現我到底在寫三小的想法，但是書中的人物想要這麼推進劇情，這點我也拿他們無可奈何。

不過話又說回來，原本的大綱和完稿可說是完全不同的作品。

我原本想要跟第三集一樣，寫點校園的東西，但猶豫過後，還是選擇了以裡世界為主軸的劇情。

原因是因為這集的故事主軸是白鳴鏡，而且最重要的奈唯亞的根源也在裡世界中。所以雖然會導致這本書的風格和前幾集不同，但我想這對加深這些角色來說也是很必要的。

下集大概會回到校園，大概。

而下一集的主軸應該是左櫻和無圓缺，大概。

不過裙下有槍的角色真的都太有特色了，所以一不小心故事就會暴走，下集會如何也很難說。

而且湛藍牢籠之後，我似乎又會再開一個遊戲案，屆時情報公布後也請大家多多支持。

感謝尖端出版、佩喵老師、責編和所有支持我的讀者，我們下集再見。

小鹿

天啊！這女高中生裙子底下有槍啊！

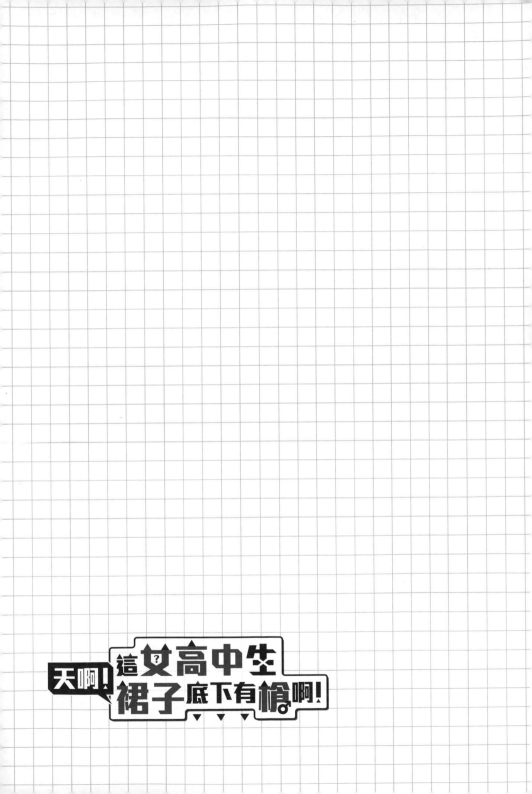

天啊！這女高中生裙子底下有槍啊！

浮文字

天啊！這女高中生裙子底下有槍啊！(4)

著　者／小鹿
執行長／陳君平
榮譽發行人／黃鎮隆
協　理／洪琇菁
總編輯／呂尚燁
繪　者／佩喵
美術總監／沙雲佩
美術編輯／陳聖義
執行編輯／楊國治
企劃宣傳／楊玉如、施語宸、洪國瑋
國際版權／黃令歡、梁名儀
文字校對／施亞蒨
內文排版／謝青秀

出　版／城邦文化事業股份有限公司 尖端出版
台北市中山區民生東路二段一四一號十樓
電話：（〇二）二五〇〇－七六〇〇
傳真：（〇二）二五〇〇－二六八三
E-mail: 7novels@mail2.spp.com.tw

發　行／英屬蓋曼群島商家庭傳媒股份有限公司城邦分公司　尖端出版
台北市中山區民生東路二段一四一號十樓
電話：（〇二）二五〇〇－七六〇〇（代表號）
傳真：（〇二）二五〇〇－一九七九

中彰投以北經銷／楨彥有限公司（含宜花東）
電話：（〇二）八九一九－三三六九
傳真：（〇二）八九一四－五五二四

雲嘉以南／智豐圖書有限公司
（嘉義公司）電話：（〇五）二三三－三八五二
傳真：（〇五）二三三－三八六三
（高雄公司）電話：（〇七）三七三－〇〇七九
傳真：（〇七）三七三－〇〇八七

香港經銷／一代匯集
香港九龍旺角塘尾道六十四號龍駒企業大廈十樓 B&D 室
電話：（八五二）二七八三－八一〇二
傳真：（八五二）二五八二－一五二九

新馬經銷／城邦（馬新）出版集團 Cite（M）Sdn. Bhd.
E-mail: cite@cite.com.my

法律顧問／王子文律師　元禾法律事務所
台北市羅斯福路三段三十七號十五樓

二〇二二年七月一版一刷

郵購注意事項：
1.填妥劃撥單資料：帳號：50003021戶名：英屬蓋曼群島商家庭傳媒(股)公司城邦分公司。2.通信欄內註明訂購書名與冊數。3.劃撥金額低於500元，請加附掛號郵資50元。如劃撥日起 10～14日，仍未收到書時，請洽劃撥組。劃撥專線TEL：(03)312-4212 ・ FAX：(03)322-4621。E-mail：marketing@spp.com.tw

國家圖書館出版品預行編目資料

天啊！這女高中生裙子底下有槍啊！／小鹿作．-- 1版．-- 臺北市：城邦文化事業股份有限公司尖端出版：英屬蓋曼群島商家庭傳媒股份有限公司城邦分公司發行，2022.07-
冊；　公分
ISBN 978-626-316-579-3（第4冊：平裝）

863.57　　111001547